COURS MIRABEAU

Fondation
LA POSTE

Cet ouvrage est publié avec le soutien de la Fondation d'entreprise La Poste. La Fondation d'entreprise La Poste favorise le développement humain et la proximité à travers l'écriture, pour tous, sur tout le territoire, et sous toutes ses formes. Elle s'engage en faveur de ceux qui sont éloignés de la pratique, de la maîtrise et du plaisir de l'expression écrite. Elle favorise l'écriture vivante en dotant des prix qui la récompensent, en encourageant les jeunes talents qui associent texte et musique. Elle offre un espace de découverte de la culture épistolaire élargie avec la revue *FloriLettres*, en consultation sur le site internet de la Fondation. Enfin, mécène de l'écriture épistolaire, elle soutient l'édition de correspondances et les manifestations qui les mettent en valeur.

www.fondationlaposte.org

Les documents et photographies reproduits dans ce livre
proviennent des archives personnelles de Monique Valcke Strauss.

ISBN 978-2-330-19852-7

MONIQUE VALCKE STRAUSS

Cours Mirabeau

récit édité par les étudiants
du programme Baudelaire

ACTES SUD

PRÉFACE

Les époques recrues d'histoire n'arrêtent pas d'en ressasser la mémoire. Si l'on suit Hegel quand il affirme, péremptoirement, que "les peuples heureux n'ont pas d'histoire", alors il est clair que les vivants du XXe siècle auront été les plus malheureux des hommes. Ils ont été biberonnés à l'Histoire, "avec sa grande hache", comme le dit Georges Perec, qui était bien placé pour le savoir, avec son père mort à la guerre et sa mère morte à Auschwitz.

Monique Valcke Strauss est née le 3 mai 1936 – deux mois après Perec. On ne peut guère naître plus historiquement : ce jour-là les électeurs français, au second tour des législatives, donnent la victoire à la gauche, connue aujourd'hui sous le nom du Front populaire. Un mouvement de grève sans précédent accompagne l'arrivée au gouvernement de Léon Blum – bouc émissaire des antisémites. Mais on ne peut guère naître plus tragiquement : le Front populaire fut une époque fondatrice de toute une modernité économique, sociale et culturelle mais, dans l'immédiat, ce fut un échec politique, auquel le régime antirépublicain de Vichy fit porter toute la responsabilité de la défaite de 1940, et si la jeune Monique naît en France de parents nés en Allemagne c'est que ces parents étaient juifs et promis par le projet nazi à une incessante persécution, en attendant une radicale extermination.

Il y a donc deux manières de lire le témoignage de Monique. Une manière savante et une manière sensible. Elles sont complémentaires l'une de l'autre et leur complémentarité a fait naître la personne singulière – nous sommes toutes et tous des personnes singulières – qui nous parle ici.

Dans le témoignage de Monique, l'historien puisera à pleines mains d'intéressantes et, parfois, surprenantes informations sur l'histoire et la géographie du martyre juif pendant la douzaine d'années qui va de l'arrivée au pouvoir de Hitler à son suicide et, dans une sorte de symétrie vertigineuse, de l'action des "Justes" qui, dans le même temps, œuvrèrent pour s'y opposer.

De ce que la fille de Walter Strauss nous dit de son père on mesure l'étendue de la catastrophe allemande : voilà un bourgeois progressiste, totalement intégré à la culture allemande du temps de la République de Weimar – ce régime dont la mémoire d'après-guerre a magnifié rétrospectivement la créativité culturelle mais dont on sait aussi aujourd'hui à quel point il était fragile et, au fond, rejeté par une large part de sa propre société, dominée par l'alliance des monarchistes et des communistes. L'engagement social-démocrate de Walter – y compris sous la forme typiquement germanique du "randonnisme" – n'était pas incompatible avec l'affirmation d'une identité juive et le conduisait à s'engager dans le projet le plus courageux de la période, à savoir le rapprochement franco-allemand, mais – Monique nous le rappelle à plusieurs reprises puisque cela touchait directement au cercle parental – l'échec de cette démarche et de cette société est illustré de manière saisissante par l'évolution d'une personnalité comme Otto

Abetz, ami de ses parents, rallié au nazisme dès le début des années 1930, jusqu'à devenir sous l'Occupation le représentant du Reich à Paris.

En regard de cet abîme initial, la catastrophe française, à partir de l'accession au pouvoir du maréchal Pétain, se mesure à la mise en place inéluctable d'une persécution antisémite qui, si elle connaît des paliers, ne revient jamais en arrière. Entre intuition et sens politique, les parents de Monique ont résolu de s'installer dans le Sud de la France dès avant la défaite, d'y rester quand elle devient la "zone sud" et, à partir de l'invasion de celle-ci par les Allemands, en novembre 1942, de prendre les contacts nécessaires pour sauver leurs enfants, quitte à se sacrifier pour eux. La catastrophe française se mesure aussi à la différence de traitements auxquels les Juifs sont soumis, à partir de cette date, entre les deux zones d'occupation allemande et italienne. Si Monique est encore parmi nous aujourd'hui c'est sans doute parce que, le 21 mars 1943, elle s'est trouvée avec son frère, devant les barbelés à franchir, en présence d'un soldat italien d'une insigne complaisance qui, au lieu de procéder à leur arrestation, leur a conseillé de se *"dépêcher de grimper"*.

Cette humanité individuelle prend tout son sens quand on comprend que si Monique et son frère se retrouvent ce jour-là au pied des barbelés de la frontière franco-suisse c'est parce qu'ils ont été pris en charge par le réseau protestant de la Cimade. Ce n'est évidemment pas par hasard si les régions de France où les Justes ont été le plus systématiquement organisés – telles les localités du Chambon-sur-Lignon ou de Dieulefit – étaient des régions de forte culture protestante, et l'on retrouve cette empreinte dans les milieux suisses qui accueillent Monique et son frère. Ainsi, Monique n'oublierait jamais la phrase entendue quand elle s'était revendiquée juive, "Ici tu as le droit : tu es en Suisse." Là aussi son témoignage permet d'affiner les mythes et contre-mythes qui, depuis lors, se sont affrontés autour de la politique d'accueil et/ou de refoulement conduite par les autorités suisses entre 1940 et 1945. Les recherches les plus récentes confirment que si certains responsables officiels comme le ministre de la Justice Von Steiger ont pu argumenter, dès août 1942, que "la barque [était] pleine", les chiffres non moins officiels concluent que, malgré tout, sur 15 000 Juifs tentant d'entrer en Suisse pendant cette période 12 000 y réussirent.

Arrivé à ce stade, le lecteur de cette préface pourrait s'imaginer que le texte qu'il va lire s'apparente à un exposé historique. Il n'en est rien. On n'est pas ici devant un exposé mais dans un récit, celui que déroule Monique, quatre-vingts ans après les faits, écoutée et encouragée par de jeunes étudiants qui pourraient être ses arrière-petits-enfants. On est donc là devant un intense travail de remémoration sensible.

Tout se reconfigure dès lors qu'on se rappelle que la petite fille devant les barbelés est âgée de 6 ans, et son "grand frère", Michel, de 8. Voilà pourquoi ce qui fait toute la différence entre ce témoignage et tant d'autres c'est la fraîcheur des souvenirs sensibles qui, grâce au travail des étudiants du programme Baudelaire, sont remontés à la surface de la conscience de Monique.

Dans cette conscience-là à Aix-en-Provence, où elle arrive à moins de 4 ans, Monique se souvient "du soleil. De la douceur de l'air. Des vêtements légers que nous portions là-bas", ou encore des parfums d'ail et de tomate verte, qui contrastent si fort avec les parfums de Paris. Comme Perec elle pourrait énumérer les "Je me souviens" de ce temps terrible : Je me souviens du ruban de réglisse et, au centre, de la petite boule colorée, Je me souviens de l'improbable projection d'*Un chien andalou* de Buñuel, en plein régime de Vichy, au cinéma du casino d'Aix, Je me souviens de l'allégresse à chanter, sans y prendre garde, *Maréchal, nous voilà !*, Je me souviens du silence étrange pesant sur les passagers de l'autocar qui nous emmène vers la frontière suisse, et, bien entendu, Je me souviens de ce souvenir formidable – on semble avoir oublié que cet adjectif rebattu signifia d'abord "effrayant" – au pied des barbelés, du soldat bienveillant et de son inquiétant gros chien, dont il menaçait les deux enfants – "Était-ce la vérité ? Ou prononçait-il ces mots terribles pour nous donner le courage de grimper ?" : "Je ne crois pas que ce soit le courage qui me fait avancer, mais la peur du gros chien"...

Louons maintenant les "grands hommes" : les parents de Monique, qui décident de sauver leurs deux enfants en se séparant d'eux, sa mère, qui décide, en pleine persécution, de se convertir au judaïsme, et au-dessus de tout Michel, le guide et protecteur de sa petite sœur du haut de ses deux ans de différence – "Michel et moi sommes passés seuls, sans aucune aide" – : "mon frère, essuyant maladroitement mes larmes." Et, pour couronner le tout d'un happy end, Je me souviens du message envoyé à mes parents : *"C'est très facile d'escalader les barbelés, vous n'avez qu'à venir aussi !"*

À la fin des fins cette histoire, tout comme la manière dont elle nous est racontée, est une preuve supplémentaire de ce constat paradoxal, que, pour cette raison même, on dresse rarement, alors qu'au fond il aurait tout de la tautologie : si le destin historique des êtres humains appartient totalement aux collectivités, ce qu'il en résulte au tréfonds de chacun d'entre eux n'est tissé que de la suite infinie des circonstances particulières. En deux mots : ce qu'il y a en nous de déterminé n'appartient qu'à l'individu. L'exilée persécutée partage avec ses semblables la conviction "que toutes ces expériences [lui] ont appris à ne [s']attacher ni aux lieux, ni aux objets", mais c'est son expérience personnelle, dans sa binarité – une phase descendante, française, où la mort étend de plus en plus son ombre, suivie d'une phase suisse de remontée vers la lumière – qui lui a permis de se "réconcilier peu à peu avec l'humanité, et de rencontrer les autres par les mots".

Des violentes circonstances qu'elle a traversées – ou, plutôt, qui l'ont traversée – Monique Valcke Strauss aura gardé des traces ineffaçables : une cicatrice au creux d'une main, la prédilection pour les bouillies sucrées ou encore, suivant ses mots, "le goût de l'étude et l'envie d'apprendre", enraciné dans ce moment où, en Suisse, l'isolement linguistique saisissait de panique la petite étrangère. Sans trop insister sur cette lecture des faits, le témoin nous livre tous les éléments permettant de comprendre pourquoi celle qui nous parle deviendra médecin et, plus particulièrement, pédiatre. C'est peut-être cela, l'Histoire, quand elle a renoncé à sa grande hache.

Pascal Ory

Marianne et Walter Strauss, Berlin, 1932

PROLOGUE

POURQUOI ?

Le Mal a dit :
— Ici, il n'y a pas de *pourquoi.*
Et moi, je persiste :
— *Pourquoi ?*

Peut-être ce petit livre est-il la réponse. Ma réponse. Ma façon de raconter comment mon frère et moi avons eu la chance d'échapper aux persécutions durant la période nazie. Tenter de faire revivre la famille que nous étions, une famille juive allemande, entre 1932 et 1945. Je ne souhaite pas écrire un livre farci de nombreuses références historiques : il existe tant d'œuvres littéraires abouties à ce sujet.

Je ne suis pas écrivaine. Je ne fais que me souvenir. Mon récit sera plutôt l'histoire d'une histoire. Le noyau de mes souvenirs d'enfance se concentre autour de la période d'Aix-en-Provence. C'était entre 1940 et 1944, et je n'étais encore qu'une enfant.

Ces souvenirs de mes très jeunes années sont composés d'images qui me semblent précises, même si je suppose que ma mémoire a été transformée par la suite, par les autres images qui ont suivi la guerre. Je devine que certaines émotions trop douloureuses se sont émoussées, puis que ma sensibilité d'adulte, ayant pris le relais, a contribué à les modifier. Les impressions d'une fillette de 5 ans, si elles avaient été transcrites à ce moment-là, auraient été différentes, sans doute plus pures. Mais puisque je m'en souviens, je peux essayer de les retrouver. C'est le point de vue de l'enfant que je vais m'efforcer d'adopter. La petite fille que j'étais.

Car il m'apparaît que ce positionnement à hauteur d'enfant – si j'arrive à m'y tenir – rendra mon récit plus authentique. Récemment, j'ai eu maintes occasions de narrer en public certains épisodes de ces années-là. Celui concernant le passage de la frontière suisse avec mon frère Michel me bouleverse. Chaque fois, de grosses larmes montent, sans que je n'arrive à me dominer. Je pense que cette émotion perdurera jusqu'à la fin de ma vie. Je n'ai jamais reparlé de ces choses-là avec mon frère de son vivant. Le silence entre nous était de mise.

Puis Michel est mort dans un accident de voiture à 31 ans.

J'écris ces lignes et je m'aperçois que l'écriture le fait immédiatement réapparaître.

Ce livre est un legs à la mémoire de ceux que j'ai aimés. À 88 ans, je vous confie mes mots, chers étudiants. Il est temps, afin que la mémoire ne se perde pas.

Monique Strauss, 1944

1

JUIFS ALLEMANDS

L'Allemagne était le pays de mes parents. Ma grand-mère paternelle, qui s'appelait Marie, était mariée à Max Strauss. Ensemble ils eurent deux fils, Walter et Fritz. Walter, mon père, est né le 11 octobre 1903 et Fritz, le 14 octobre 1904. L'entreprise fondée en son temps par mon grand-père Max Strauss était florissante. Elle faisait commerce de machines et d'outils, et employait un grand nombre d'ouvriers allemands.

De 1913 à 1919, mon père Walter fréquenta la Helmholtz-Oberrealschule (aujourd'hui Helmholtz-Gymnasium). Il était d'un tempérament pratique, peu versé dans les études. Il quitta l'école sans avoir passé l'*Abitur*, l'équivalent allemand du baccalauréat, avant de rejoindre l'entreprise paternelle en tant qu'apprenti dès 1920. Il avait hérité de compétences commerciales évidentes car il participa rapidement au succès de la firme. À 27 ans, il fut fondé de pouvoir. Une carrière brillante s'annonçait pour lui…

C'était le début des années 1930 et, malgré la crise économique mondiale, l'entreprise comptait parmi les plus importantes d'Allemagne.

Mon père s'engagea politiquement dès le plus jeune âge. En 1921, avec des amis, il établit un groupe local à Ettlingen. Il s'agissait d'une association juive de randonnée, Camarades, financée par Max. Ensemble, ils inaugurèrent ce qui devint par la suite la "Kreuzberghütte", maison de randonnée dédiée aux récitals de chant. Le but était d'y cultiver le germanisme parmi les Juifs. On y trouvait des lycéens, des étudiants, des Juifs de Karlsruhe appartenant à la bourgeoisie riche et instruite[1]. En 1925, mon père était devenu membre du SPD, sous la bannière sociale-démocrate du Reich et il adhéra au club de tir des ouvriers socialistes[2]. Plus tard, il fut, par l'intermédiaire d'un avocat de ses connaissances, le Dr Hugo Marx, nommé au conseil d'administration de l'Association centrale des citoyens allemands de confession juive. En raison de son appartenance au SPD, des personnalités importantes figuraient parmi ses amis politiques : le Dr Ludwig Haas, le Dr Hugo Marx et le Dr Ludwig Marum, dont le fils, Hans, était un ami proche[3].

Walter Strauss au cours d'une randonnée, debout au centre

Mon père Walter était vraiment un Juif très intégré. Entreprenant, engagé.

Maman avait 15 ans quand, en 1929 à Berlin, elle découvrit Bertolt Brecht et *L'Opéra de quat'sous*. Cette œuvre, ainsi que beaucoup d'autres, elle devait me la transmettre plus tard, en me la faisant écouter quand je suis devenue adolescente à mon tour, mais pour l'heure c'était elle qui la découvrait et s'en émerveillait. Elle était jeune et elle aimait la musique. Elle jouait du piano, son frère du violon et, lorsqu'elle rencontra papa, elle forma avec eux et son beau-frère, qui jouait de la flûte traversière, un ensemble de musique de chambre.

C'était une jeunesse très allemande, et ce furent des années enchantées. Des moments à part, où la jeune fille qu'elle était encore ne percevait pas la montée du mal.

Cela ne dura pas. Dans la période où les nazis accédèrent au pouvoir, alors que ma mère n'était encore qu'une lycéenne, sa meilleure amie, pour laquelle elle avait une adoration, lui dit soudain un matin qu'elle ne pouvait plus la fréquenter. *"Je suis une vraie Allemande, comprends-tu ?"* lui avait-elle lancé, dans la cour, alors que ma mère ne comprenait pas la distance qu'elle mettait soudain entre elles. *"Je suis une vraie Aryenne, tandis que toi, tu es juive, tu es une Juive et ça, ce n'est pas bien !"*

Il faut imaginer une jeune fille dire ça à sa meilleure amie…

Les choses avaient commencé un peu plus tôt bien sûr. 1929 fut le début de la montée de l'extrême droite et une période de dramatique inflation, dont le parti nazi a su profiter[4]. C'est à ce moment aussi que maman prit conscience de ce que voulait dire *être juif* en Allemagne. Avant, on n'y pensait pas. Le père de ma mère était protestant. Elle et son frère étaient baptisés. Je ne sais même pas si elle savait elle-même qu'elle était juive, avant qu'on le lui reproche, comme une insulte. Je reviendrai sur cette histoire de baptême un peu plus loin…

Comment ne pas s'aveugler ? C'est ce qu'on dit après, n'est-ce pas ? Mais comment ne pas être inconscient de l'inimaginable ? Insouciant du pire ?

Maman m'a raconté que juste avant l'accession des nazis au pouvoir, elle s'était rendue en Autriche avec son frère pour faire du ski. Cela se passait en février, au moment des élections. Maman franchit la frontière pour aller voter puis, quand elle revint, elle apprit que Hitler avait été nommé chancelier. Elle retourna sur-le-champ à Karlsruhe, où elle habitait avec papa, et tous les deux réfléchirent à la manière dont ils devaient s'organiser afin de faire face.

Les arrestations des Juifs commencèrent sans délai[5]. De nombreux amis, souvent des proches exerçant des carrières libérales, des médecins, des avocats, étaient inquiétés, voire déportés à Dachau, un camp d'internement situé près de Munich[6]. Il ne s'agissait pas d'un camp d'extermination, mais les conditions de vie étaient telles que la mort était le plus souvent au rendez-vous pour ceux qu'on emmenait là-bas. On n'avait plus de nouvelles et plus de moyens d'en avoir. Des familles avaient disparu du quartier. Des rumeurs commençaient à circuler. Alors mes parents sont partis.

En exil à Paris, maman fera *"l'imbécile"* comme elle le disait d'elle-même en riant. Elle se lancera dans des activités artistiques : sculpture, danse… Elle aura le don de nouer des relations et de se rendre immédiatement sympathique. C'est ainsi qu'elle fera la connaissance de Joseph Kosma, dont elle tombera amoureuse. C'était un élève de Bartók qui avait fui lui aussi le nazisme et qui n'était pas encore le célèbre compositeur des chansons de Prévert et des films de Renoir. Il gagnait sa vie en étant pianiste dans l'école de danse qu'elle fréquentait. C'était peut-être lui qui jouait dans *L'Opéra de quat'sous* de Brecht qu'elle avait vu à Berlin, quelques années plus tôt ? Il avait quitté l'Allemagne peu de temps après.

On n'était encore qu'au début des années 1930. Ma mère était une personne pleine de fantaisie. Mais avait-elle seulement conscience du drame qui s'annonçait ?

2

MON ONCLE HANNS

Mon oncle a écrit son autobiographie, dans laquelle il raconte la période 1939-1945 à Berlin[7]. Comment il y vécut avec sa mère et sa grand-mère. De quelle manière il est parvenu à les protéger, les cacher, durant toute la guerre car elles étaient juives.

Mon oncle se prénommait Hanns. Frère cadet de maman, il est la seule personne de ma famille que j'ai très bien connue et avec laquelle j'ai passé beaucoup de temps durant ses dernières années de vie. Il est l'unique personne avec laquelle j'ai pu évoquer la guerre de façon directe. Mon oncle éprouvait, en effet, le besoin impérieux de parler. Il était doté d'un réel désir de transmission. Une chance pour moi. Il avait deux enfants, dont un fils mort jeune à la suite d'un cancer du poumon, et une fille, qu'il ne voyait que rarement. Voici quelques extraits de son livre.

"Le but de ce livre est de convaincre les plus jeunes que c'est un grand mensonge de la part des générations précédentes d'affirmer que l'on ne savait rien de toutes ces horreurs."

Ainsi, dès que mon oncle faisait la connaissance de quelqu'un, il se mettait à raconter tout ce qu'il avait vécu et supporté. Il était un témoin : "Il est écrit partout, dans Berlin, que celui qui se commet avec des

Juifs périra. Si on est aimable avec des Juifs, cela aura des conséquences." Il rapporte aussi : "Le 10 octobre 1938, ma grand-mère fut arrêtée, pour atteinte à la race, mise en prison à Berlin-Moabit. Trois codétenues se sont plaintes qu'elles ne pouvaient supporter l'air empesté par une Juive. Sur ce, ma grand-mère a été transférée dans la prison pour femmes de la Bamimstrasse. Elle a été libérée le 7 septembre 1939." Et encore ces précisions au sujet d'une existence angoissante : "C'est à Rathenow que j'ai appris l'arrestation de ma mère. Ma grand-mère était donc seule et avait des difficultés financières pour gérer notre grand appartement. Nous avons cherché un appartement bon marché. C'est mon oncle qui a organisé le déménagement. Or, une fois que tout fut installé, le propriétaire lui fit savoir qu'il fallait repartir immédiatement car il ne voulait pas dormir une seule nuit sous le même toit que des Juifs. Cela s'est passé le 1er février 1939."

3

OÙ SE CACHE LA VÉRITÉ ?

En 1938, pendant la période des pogroms, Max Strauss a été déporté au camp de concentration de Buchenwald entre le 11 et le 13 novembre (la date exacte n'a pu être déterminée) avec près de 10 000 autres Juifs originaires des différentes régions du Reich. Les conditions de détention et le traitement des détenus par les SS étaient catastrophiques, pires encore que dans d'autres camps de concentration[8].

Puis Max a été libéré le 12 décembre 1938 (peut-être plus tôt). Au début de l'année 1940, il a été emprisonné par la Gestapo[9]. Vraisemblablement, la Gestapo voulait le forcer à fournir des détails au sujet du sort de ses deux fils vivant en France. On ne sait rien de la durée de la détention. Le 30 juin 1940, Max Strauss est mort à Wiesbaden des suites de son emprisonnement. Il est mort officiellement d'une "dégénérescence du muscle cardiaque, liée à l'âge" selon le certificat de décès fourni par la Gestapo. Son fils, Walter, a pensé que la mort fut causée par un œdème pulmonaire, conséquence des mauvais traitements infligés en détention. Et ma mère, quant à elle, pense qu'il s'est suicidé à l'arrivée des Allemands au moment de l'arrestation. Où se cache la vérité ?

Après la mort de son mari, Marie Strauss s'est retrouvée complètement seule et a dû faire face à de grandes difficultés. En raison de la guerre, elle n'avait plus aucun contact avec ses fils ni leurs familles en France. Elle ne savait pas s'ils étaient encore en vie. La plupart de ses amis et connaissances juives avaient émigré aux États-Unis, dont son beau-frère, Salomon Strauss, frère de son mari et témoin de leur mariage à Mannheim avec ses enfants. À cela s'ajoutaient l'exclusion sociale et la discrimination croissante, rendant la vie de plus en plus difficile aux Juifs[10]. Elle avait encore des liens avec Karlsruhe. Elle avait donc entendu parler des déportations de Juifs du Bade et de la Sarre-Palatinat vers Gurs dans le Sud de la France, survenues le 22 octobre 1940[11]. Elle apprit également les déportations de Juifs vers l'est, organisées dans la ville voisine, Francfort-sur-le-Main, qui commencèrent le 19 octobre 1941 et se poursuivirent par vagues jusqu'à ce que Wiesbaden fût également atteinte.

Le dernier voyage de Marie commença le 10 juin 1942 avec 372 Juifs de Wiesbaden. Le point de collecte pour l'enlèvement était l'abattoir près de la gare centrale de Wiesbaden. De là, le transport s'effectuait en train jusqu'à la gare principale de Francfort. Environ 200 autres personnes des quartiers environnants se retrouvèrent là. Tous furent emmenés en groupe au point de rassemblement de Großmarkthalle à Francfort, gardé par des policiers, où 618 Francfortois attendaient déjà. Le matin du 11 juin 1942, un train bondé de 1 200 personnes quitta Francfort-sur-le-Main. La destination était Izbica, à 65 kilomètres de Lublin. Le train s'arrêta – comme les transports précédents – à Lublin. Environ 200 hommes furent "déchargés" et amenés au camp de Majdanek. Tout le reste de ce transport – enfants, femmes, hommes plus âgés – transita par Izbica pour n'y rester qu'un jour ou deux, avant d'être transporté dans l'un des camps d'extermination, probablement à Sobibór. Ouvrir les portes du train à Sobibór signifiait pour ceux qui étaient arrivés là qu'ils n'avaient plus que deux heures à vivre. Il n'y eut aucun survivant. La vie de Marie Strauss a sans doute été anéantie de cette manière, mais peut-être avait-elle déjà succombé aux rigueurs du transport comme tant d'autres. Elle avait 64 ans et 7 mois[12].

4

LIEUX DE VIE

La résistible montée du nazisme, la persécution des Juifs et les déportations dès 1932 ont conduit mes parents à se résoudre à quitter leur pays pour Paris. Ce fut une décision douloureuse, car les autres membres de la famille restèrent en Allemagne avec toutes les conséquences prévisibles et tragiques qu'impliquait un tel refus de fuir[13].

Mes parents sont arrivés le 4 août 1933 en gare de Strasbourg. Puis ils ont rejoint Paris pour trouver un logement. Maman me l'a raconté des années plus tard : *"À Paris, on a commencé par habiter des hôtels louches. On n'avait pas d'appartement. On ne savait pas si on allait avoir de l'argent. On avait le droit d'en emporter, mais pas beaucoup. Je ne sais plus combien, mais vraiment pas beaucoup. La nationalité allemande nous a été enlevée très vite."* Elle souriait tristement en me racontant cette période qui était aussi pour elle le temps de la jeunesse. *"On a logé d'abord dans un hôtel épouvantable, à Montmartre, disait-elle. L'endroit s'appelait Hôtel Livingstone. Il n'y avait là que des réfugiés et les gens faisaient la cuisine dans l'escalier."* Elle souriait. Je crois bien que l'exil avait aussi un goût de cavale et d'aventure. Et puis à Paris, à l'époque, les choses n'allaient encore pas si mal.

Par la suite mes parents ont habité rue Saint-Benoît. C'était mieux mais *"pas la gloire"*, comme disait maman. Enfin, la quête de logement s'est achevée avenue de Lowendal. C'est dans l'appartement du 15e arrondissement que nous sommes nés, mon frère et moi. Michel, le 18 juillet 1934. Moi, le 3 mai 1936.

Marianne et Walter Strauss en gare de Strasbourg

L'année de la naissance de Michel, Walter fonda sa propre entreprise à Paris. Les débuts furent extrêmement difficiles. Et lorsqu'il parvint à amener l'entreprise à un niveau suffisant pour nous faire vivre convenablement, la guerre éclata.

Mes parents, en tant que réfugiés politiques, ont été déclarés apatrides, et naturalisés français seulement après la guerre. Mon frère et moi avons obtenu la nationalité française peu après notre naissance. Mais vivre en France, à Paris, pour des Juifs – et particulièrement pour des Juifs allemands – présentait un danger[14].

Il fallut se résoudre à quitter Paris au début de l'année 1940. Le péril était grand. Nous sommes partis pour Aix-en-Provence, seuls avec maman, sans papa. J'étais alors âgée de 4 ans et Michel de 6 ans et demi. De cet exode en zone libre, je n'ai aucun souvenir. Par quel moyen de transport avons-nous fui ? Je ne m'en souviens plus. Je pense que nous étions en voiture, puisque maman en avait une.

Papa s'était engagé dans la Légion étrangère, refuge militaire très fréquent pour les Juifs allemands[15].

Il écrivait des lettres à ma mère du Maroc. Je les ai gardées et j'en reproduis une ici, parce que je les trouve magnifiques :

Dimanche 12.5.40

Ma, ma ma Marianne,

J'ai vraiment une chance non méritée. Ce matin il m'a été dit que j'étais définitivement affecté ici, dans cette caserne avec environ 40 autres. Malheureusement Popol n'est pas parmi eux, mais il a de grandes chances d'être choisi plus tard et nous espérons que demain ou après-demain il aura une réponse définitive. Bien sûr, après l'affectation va commencer un service plus dur avec des gardes de nuit, etc.

3

Extrait d'un livret militaire.

Couverture:

LIVRET INDIVIDUEL
classe 1939

Nom: STRAUSS
Prénoms: Walter

Page 1:

Nom: STRAUSS
Prénoms: Walter
Né le 11 Octobre 1905
à Karlsruhe
département Allemagne
résidant à Marolles canton de Blois dép.Loir et Cher
Profession de Commerçant
Fils de Max et de Eisinger Marie

Bureau de Recrutement BLOIS
N° de la Liste Matricule 114 L

Page 2:

Signalement:
Couleur des yeux bleus,des cheveux chatains
Taille: 1m79
signature du détenteur: Walter Strauss
Soldat E.V. Service armé de la classe de mobilisation 1939
A Blois,le 7 Décembre 1939
signé:le Commandant du Bureau
de recrutement

Page 3

Engagé volontaire pour la durée de la guerre le 7/12/39
à l'Intendance Militaire de Blois
Blois,le 7 Décembre 1939
signé:le Cdt.du Recrutement.
Affecté au DCRE le 18.1.1940
Affecté au 2° Régt.Etranger le 8.5.1940
Démobilisé et renvoyé dans ses foyers le 24.X.1940
se retire à Aix e.Pr.,10,ave.de la Violette

Certifié exact:
signé par le Major du 2°.Rgt.E.d'I.

Page 6:

Campagnes: c/Allemagne
Algérie du 7-12-39 au 5.5.1940
ctre.l'Allemagne au Maroc:
du 6-5-1940 au 20-10-40

MAIRIE D'AIX-EN-PROVENCE (B.-du-R.) RF

Certifié conforme à l'Original
Aix, le 27 MARS 1945
Le Président de la délégation Municipale
Le Délégué,

Extrait du livret militaire de Walter Strauss

Walter Strauss au 2e régiment étranger au Maroc, à gauche du cliché, 1940

Mais nous sommes pleinement heureux de pouvoir rester dans cet environnement de rêve. Car la véritable Afrique, l'Orient de l'ouest, nous commençons peu à peu à le voir. Nous nous sommes baladés aujourd'hui toute la journée dans la vieille ville au milieu de milliers de souks, où cela grouillait de commerçants (Arabes, Juifs, Noirs, etc.) Où on tombe partout sur des bâtiments étonnants du XVe siècle, pleins des plus belles mosaïques, ornements, sculptures sur bois, puis des fontaines, grandes et petites, également décorées de mosaïques et de faïences. Pas un ouvrage décoré sans couleurs extraordinaires.

Mais le plus extraordinaire reste toujours les gens, les visages, les enfants, les ouvriers qui font un travail comme il y a 1 000 ans, où ne sont encore utilisés que les mains, les pieds, les dents, où on oublie qu'il existe des machines et des outils perfectionnés.

Au-dessus de tout cela, le bruit, une forte odeur de menthe, bue par cette chaleur toute la journée. On ne se lasse pas d'admirer et de regarder. Pour nous, cela est encore en dehors de toute réalité, si bien que parfois nous avons l'impression d'être devant une mise en scène de Dullin, en oubliant que c'est la vie, la vie de millions de gens depuis des milliers d'années – peu transformée par notre grand et effroyable monde – qui durant ces mêmes heures là-bas "se décompose" et auquel nous appartenons de façon inévitable.

Ensuite quand nous sommes complètement épuisés après tant d'impressions, que nous nous asseyons quelque part pour boire quelque chose, que nous nous sommes rafraîchis, alors, nous avons à nouveau la nostalgie des rues larges, des physionomies habituelles de la nouvelle ville.

Avant, il fallait quand même aller voir la ville réservée. Celle-ci se trouve entre la ville européenne et la ville arabe – blanche comme neige, faite seulement de maisons modernes, entourées d'un mur avec une porte à laquelle se trouvent des gardes. Et là, dedans, vivent et travaillent les 500 putains très visitées par les innombrables soldats et cela est grotesque quand on se promène à travers cette ville de voir qu'elle n'est faite que de bordels. Nous sommes allés dans quelques-uns de ces endroits et avons constaté qu'ils avaient un effet plutôt désérotisant sur nous, ils nous donnaient une impression de terrible ennui. Après les impressions de Bel Abbès et Saïda, nous pensons définitivement que le remède à notre besoin d'amour ne se trouve pas dans les temples d'Aphrodite.

Les nouvelles de "là-bas" sont rares et poussent encore plus à faire des suppositions. On existe et on essaye de croire que la guerre ne peut pas durer trop longtemps car l'enjeu actuel des Alliés est immense et peut signifier un changement radical.

Ma Manni, ma Manni aimée, malgré tout ce que nous vivons ici, je pense avant tout sans cesse à toi, aux soucis de là-bas. Je serais heureux de t'avoir avec moi – Es-tu à Aix en ce moment ? Est-ce que tu reçois toutes ces lettres ? D'ici, je t'en ai envoyé une à Paris et trois (y compris celle-là) à St. Tropez. Écris-moi pour me dire si tu les as toutes reçues.

Et pour terminer, encore une question. Est-ce que la Bâloise a répondu ? As-tu demandé au bureau Salzer le règlement ? Je tiens beaucoup à ce règlement.

Écris-moi vite et donne aux petits plein de baisers de leur papa. Et toi, je te prends dans mes bras très très fort et suis ton Walter.

C'est alors qu'il était engagé dans la Légion, que mon père a appris la mort du sien. Il a écrit pour annoncer la triste nouvelle. J'ai retrouvé les lettres adressées par papa à maman, datant de cette période. Concernant la mort de son père, Max Strauss, voilà ce qu'a écrit mon père :

Mon enfant, mon enfant – bien sûr je le sais bien – là où tellement d'hommes jeunes doivent mourir en ce moment, etc. etc… – mais la nouvelle de la mort de mon père a été un choc terrible pour moi – malgré tout, toute aliénation, toutes les autres tensions les plus minimes. Mais je ne veux pas maintenant exposer des considérations et écrire une notice nécrologique. C'est la première fois dans ma vie que je perds quelqu'un de très proche par la mort. Mais – n'insistons pas – toute notre vie est si dure – est devenue si dangereuse – que nous devons nous en tenir là.

Et j'espère seulement que par l'intermédiaire de Hédi, tu pourras correspondre avec ma mère. Nous-mêmes, d'ici, nous ne pouvons pas encore écrire en Allemagne – et en dehors de ça, on ne pourrait le faire, pour d'autres raisons – (21 août 1940).

Mes premiers souvenirs remontent à cette période et au début de notre séjour à Aix. J'ai conscience du désordre chronologique de mon récit. Mais je veux restituer mes impressions avec toute la sincérité qu'il se doit. J'étais encore toute petite et ma mère déménageait souvent. J'ai l'impression d'un tourbillon. Les lieux se mélangent, les maisons, les appartements se confondent. Je devine qu'arriver en cette période trouble dans une région inconnue, en urgence et sans mari, accompagnée de jeunes enfants, devait rendre très difficile pour ma mère la quête d'un lieu de vie. C'est sans doute la raison pour laquelle ces endroits de l'exil furent si nombreux. Parfois, nous y vivions tous les trois ensemble. Le plus souvent Michel et moi restions seuls, sans maman qui devait travailler. Il arrivait aussi que Michel et moi soyons séparés. Je me souviens du soleil. De la douceur de l'air. Des vêtements légers que nous portions là-bas.

Dès notre arrivée dans le Midi, nous sommes allés vivre à Saint-Tropez avec maman.

Je ne m'en souvenais pas, mais voilà ce que ma mère racontait, lors d'une interview que j'ai réalisée avec elle, quelques années avant sa mort : *"J'étais avec vous à Saint-Tropez, dans une famille que je ne connaissais pas. Ces gens étaient des Russes, des amis d'amis, des gens bizarres dans le genre Tchekhov,* Les Trois Sœurs. *On a habité la forteresse. C'était un bordel sensass ! Je ne sais plus si j'avais ma voiture. Je crois que oui."*

Je n'ai aucun souvenir de cet endroit que maman a trouvé *sensass*, ni de cette famille russe dans le genre Tchekhov... Du reste il y eut encore d'autres maisons, avant Aix. Mon souvenir le plus précis, c'est lorsque nous avons été recueillis, Michel et moi, dans des familles. Un temps dans les Cévennes, puis à Dieulefit.

Durant cette période, je suis restée quelques semaines au Châteaunoir si souvent peint par Cézanne. Je vivais chez Léo Marchutz, auprès de sa femme et de leur fils, Anthony. Léo Marchutz était allemand, juif, peintre lui-même, et spécialiste de la peinture de Cézanne. Il a été interné pendant quelques mois au camp des Milles[16]. Ensuite, il a vécu caché, élevant des poules pour gagner sa vie.

Pendant ce temps, Michel a été placé dans une autre famille.

Puisque nous étions éloignés et en sécurité, maman se débrouillait pour gagner un peu d'argent. Comme elle me l'a raconté plus tard, elle accomplissait les travaux les plus variés, même ceux pour lesquels elle n'avait aucune compétence, tel professeur de maths dans une école catholique. Elle m'a un jour précisé en souriant que la seule chose qu'elle n'ait jamais faite était *le trottoir* !

Puis Michel et moi avons été placés dans la famille d'Alexandre Marc, de son vrai nom Alexandre Markovitch Lipiansky.

De toutes ces adresses ou rencontres avec des personnes ayant accepté de nous recueillir pour nous cacher et nous protéger, je ne possède aucune photo ni trace écrite. Je ne me souviens pas non plus en avoir jamais parlé avec mes parents au cours des années qui ont suivi la guerre. Aujourd'hui, j'ai l'impression que toute une partie de ma petite enfance reste *bloquée* quelque part, dans un *non-dit* que j'aurais tellement aimé éclaircir… Tous ces lieux sont dans ma mémoire à présent. Un peu mélangés, un peu vagues, des images et des noms, peu de dates. Qui se soucie des dates, enfant ?

Au début de l'année 1940, nous avons migré dans une grande propriété, la Galéjade, qui était aussi une communauté regroupant d'autres familles juives. Maman y avait ouvert une sorte de pension pour les réfugiés. Il y avait plein d'enfants. La pension était payante et maman espérait pouvoir ainsi subvenir à nos besoins, mais elle a dû cesser rapidement cette activité pour des raisons de sécurité. Il était dangereux d'habiter entre Juifs. Certes, à cette époque, Aix était toujours situé en zone libre, et ce jusqu'au 11 novembre 1942. Mais le régime de Vichy nous obligeait déjà à nous organiser afin de trouver des moyens pour échapper aux arrestations et la première des règles était de se faire discrets[17].

En octobre 1940, papa est rentré de la Légion. À partir de ce moment, nous avons pu rester tous les quatre ensemble pour quelque temps. Après tant d'années, il m'est difficile de me souvenir avec quelle émotion nous avons vécu le retour de mon père. La séparation avait été longue. Le climat d'angoisse devait être très présent car maman faisait sans arrêt face à de mauvaises nouvelles. Mais elle a toujours su nous protéger, sur tous les plans, affectif comme physique. Aussi, de cette période, je ne garde ni sentiment de peur, ni sentiment d'insécurité, ou encore d'abandon. Et surtout, j'avais la chance d'avoir un grand frère que j'aimais très fort, un grand frère qui était toujours à mes côtés.

Portrait de Walter Strauss
par Greta Knutson,
à Aix-en-Provence, 1943

Très souvent, Michel et moi étions obligés de nous réfugier dans la forêt avec nos parents. Ceci est la seule photo que j'ai retrouvée de cette période où nous vivions comme des sauvages, toujours cachés, sans bien saisir la raison de toute cette comédie.

En 1941 nous avons été hébergés chez un paysan, M. Magny, route du Tholonet. C'est drôle que je me souvienne encore de son nom. M. Magny était très gentil avec nous. Il avait plein de lapins. Je me rappelle que quand l'un de nous deux se faisait mal, sa femme, pour nous guérir, nous donnait à boire le sang tout chaud d'un lapin qu'elle saignait exprès pour Michel ou moi.

Papa, en échange, faisait des travaux agricoles chez M. Magny. Maman, pour gagner un peu d'argent, confectionnait des quenelles de pieuvre. Elle allait

Une de ces journées passées cachés dans la forêt, 1941

acheter les pieuvres à Marseille, puis les faisait sécher sur la fenêtre d'où se dégageait une horrible odeur de poisson. Ensuite, elle vendait les quenelles aux restaurants du cours Mirabeau.

Puis ce fut le temps d'un nouveau départ vers une autre maison, en dehors d'Aix. Il fallut aller vivre à la montée Saint-Eutrope avec un couple et leur fils, des Juifs allemands eux aussi. Le père était médecin ORL. C'est chez cet homme que Michel et moi avons été opérés dans la cuisine : Michel des amygdales et moi des végétations, l'un après l'autre, le même jour. Quelle folie difficile à imaginer à présent[18] ! Nous avons dû être anesthésiés et sans aucun recours en

Walter et Marianne Strauss sur le cours Mirabeau, été 1942

cas d'accident. Je me souviens très bien de la douleur dans les jours qui ont suivi. Cette décision fut prise car nous étions sans cesse malades.

Le dernier endroit où nous avons vécu durant cette période (1942) était rue Constantin, une petite rue étroite, humide. Nous habitions en face d'un artisan qui cuisinait des escargots. Une fragrance tenace d'ail envahissait toute la rue. Moi qui ne voulais rien manger, j'adorais les escargots et cette recette en particulier.

La rue était attenante à l'école que nous fréquentions : le lycée des Prêcheurs. La semaine, nous jouions dans la cour, jusqu'à ce que la cloche nous appelle en classe pour la cérémonie quotidienne : entonner en chœur l'hymne au maréchal, face au portrait du héros de Verdun : *"Maréchal, nous voilà / Devant toi le sauveur de la France / Nous jurons, nous, tes gars / De servir et de suivre tes pas."* Cette chanson, nous la chantions gaiement et je prenais plaisir à m'égosiller sur cet air entraînant avec mes camarades. Elle résonnait partout, à l'école, à la radio. J'imagine qu'en revenant, le soir, je devais la chanter à mon tour à mes parents, consternés.

Tôt le matin, avant la classe, le parfum de la tomate verte embaumait la cuisine. Mes parents confectionnaient une confiture dont ils empêchaient la fermentation en ajoutant de l'aspirine à leur mélange. Le claquement du bocal sonnait pour moi l'heure de partir pour l'école. Sur le chemin, je tenais dans mes mains le récipient de fer. Michel et moi devions les vendre à nos maîtresses, afin d'en récolter quelques sous pour la famille. Ces menues pièces, dont j'étais très fière, je les remettais le soir à mes parents.

L'argent des confitures nous permettait de faire de maigres courses. Il y avait d'interminables files d'attente devant les magasins. Michel et moi nous chargions de cette mission car les parents, toujours recherchés, devaient rester cachés. Avec Michel, nous luttions contre l'ennui durant des heures. Il fallait rester concentré et ne pas céder à nos envies de jeux. Alors, en échange de ce service, les parents nous donnaient un sou que nous conservions précieusement.

Cet argent, économisé pendant plusieurs mois, nous a permis de nous rendre un jour au cinéma. Il était hébergé par le casino, palais kitch qui nous impressionnait beaucoup, Michel et moi. L'ouvreuse nous laissa passer sans sourciller en dépit de notre air coupable et de notre jeune âge. Le film à l'affiche était *Un chien andalou* de Luis Buñuel. Plongée dans le noir, la salle semblait immense et l'atmosphère brumeuse à cause de la fumée de cigarette. L'odeur âcre, mais que j'aimais bien, imprégnait les fauteuils. Depuis ce jour, je conserve en moi un souvenir tant effrayé que fasciné, arraché à ce temple interlope : l'œil de l'actrice, coupé en deux par une lame de rasoir.

En 1942, maman avait essayé de récupérer quelques biens à Paris, car à Aix nous vivions dans une grande pauvreté. C'est à cette occasion qu'elle a dû faire le voyage de la zone libre à la zone occupée, clandestinement. Elle a voyagé, cachée sous la remorque d'un camion transportant du gravier. Elle m'a souvent parlé de ce périple, terriblement éprouvant. Allongée sur le châssis, entre les roues, elle était secouée par les soubresauts du véhicule. L'odeur de l'essence lui portait au cœur. Elle avait très froid. Très peur. À son arrivée à Paris, papa lui avait conseillé d'aller voir Abetz, témoin à leur mariage, et de lui demander de restituer un peu d'argent sur les biens confisqués. Il avait refusé[19].

Paris était dangereux, mais Aix aussi. Dans la ville où ils vivaient, mes parents ont souvent dû se cacher. Ils étaient alors recherchés par la la Milice du gouvernement de Vichy. Les rafles par la gendarmerie étaient quotidiennes et les délations se faisaient de plus en plus fréquentes. Un après-midi, deux miliciens ont sonné à la porte de leur appartement. Leur logeuse a juste eu le temps de les prévenir par un signal sonore. Mes parents ont immédiatement compris. Ils se sont cachés dans une armoire. Les miliciens ont retourné tout l'appartement mais, miraculeusement, ils sont passés devant l'armoire sans penser à l'ouvrir. Une fois de plus, ils échappaient au pire.

5

UN JUSTE

À présent, j'aimerais vous raconter l'aventure que nous avons vécue avec Michel et qui n'a jamais quitté mes pensées. Peut-on appeler cela une *aventure* ? Non, il s'agit plutôt d'une *tentative de survie*.

La situation devenait trop dangereuse pour que nous continuions à vivre à Aix avec nos parents. La chasse aux Juifs était permanente, les délations et les dénonciations la règle. Il était donc impératif de nous faire partir. Notre départ clandestin en Suisse fut ainsi décidé. Bien plus tard, j'ai demandé à ma mère si cela leur avait fait peur de nous laisser partir seuls. À ma question, elle a répondu que le risque était plus grand encore de rester à Aix, évoquant la rafle du Vél d'Hiv[20] survenue la même année en juillet à Paris.

Par ailleurs, nous étions en mauvaise santé du fait des restrictions alimentaires. Maman a alors exploré toutes les pistes possibles pour accélérer notre départ. Un médecin d'Aix a accepté de fournir à notre mère un certificat médical.

Dr. Licard,
Aix,

Je soussigné, Dr en médecine, certifie que les enfants Michel et Monique Strauss, atteints d'anémie et de déficience mentale, ont besoin d'un séjour en plein air, à la montagne de préférence dans une région où l'alimentation est suffisante, en Suisse instamment.

Aix, le 12 octobre 1942

Dans un premier temps, il fut prévu que nous partirions avec un groupe d'enfants juifs. Le départ aurait dû être organisé par la Cimade[21]. Mais je ne sais pas pourquoi, l'option n'a pas été retenue. Il fallut donc trouver une autre façon de rejoindre la Suisse.

Une décision fut alors prise : nous fuirions tous les deux, seuls, sans être accompagnés par un passeur. Or, deux très jeunes enfants seuls, sans passeur, ce n'était pas une situation banale, même pour ceux qui s'occupaient des passages de la France vers la frontière.

Une filière avait été organisée par le pasteur Manen et d'autres pasteurs. Le pasteur Manen était le pasteur de la communauté protestante d'Aix. Il était également l'aumônier du camp des Milles près d'Aix, camp où étaient internés des étrangers, principalement des Juifs étrangers et des antifascistes. Le camp avait ouvert en 1939 et dès août 1942 des convois en partirent vers Auschwitz[22].

Le pasteur Manen était en liaison avec le pasteur Freudenberg à Genève. Ce dernier, pendant toute la guerre, a travaillé en faveur des réfugiés victimes des persécutions nazies.

Dans un livre rédigé par la Cimade, *Les Clandestins de Dieu*, on retrouve les témoignages du pasteur Manen et du pasteur Freudenberg au sujet de cette période. Les auteurs y racontent notre arrivée en Suisse.

Si nous avons pu en réchapper avec Michel, c'est grâce à toute cette organisation[23].

Le 20 mars 1986 le pasteur Manen et sa femme ont été reconnus en Israël "Justes parmi les Nations".

J'ajouterai enfin qu'un immense travail de recherche a été réalisé par Mme Ruth Fivaz-Silbermann dans son livre, *La Fuite en Suisse. Les Juifs à la frontière franco-suisse durant les années de la "Solution finale*[24]*"*. Ce livre est si riche d'archives, de recherches, que j'aimerais le transcrire ici presque dans sa totalité, tant il concerne notre situation.

Dès que je parle, dès que j'écris mes souvenirs, si forts, si particuliers, si personnels, je m'aperçois que je n'étais pas toute seule, mais qu'ils étaient des milliers à vivre exactement la même histoire, en même temps, sans se connaître, sans le savoir. C'est peut-être ça l'Histoire.

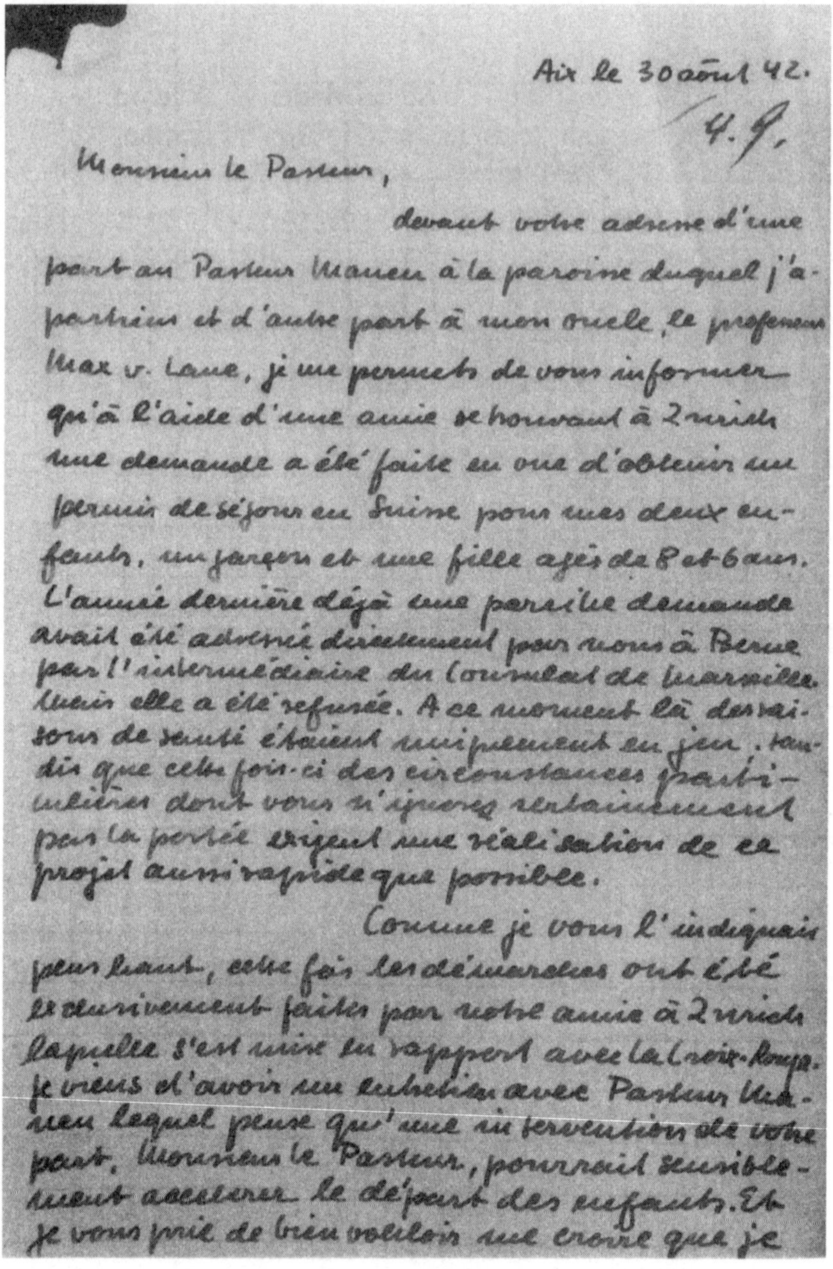

Aix le 30 août 42.

4.9.

Monsieur le Pasteur,

devant votre adresse d'une part au Pasteur Manen à la paroisse duquel j'appartiens et d'autre part à mon oncle, le professeur Max v. Laue, je me permets de vous informer qu'à l'aide d'une amie se trouvant à Zurich une demande a été faite en vue d'obtenir un permis de séjour en Suisse pour mes deux enfants, un garçon et une fille âgés de 8 et 6 ans. L'année dernière déjà une pareille demande avait été adressée directement par nous à Berne par l'intermédiaire du Consulat de Marseille. Mais elle a été refusée. A ce moment là des raisons de santé étaient uniquement en jeu, tandis que cette fois-ci des circonstances particulières dont vous n'ignorez certainement pas la portée exigent une réalisation de ce projet aussi rapide que possible.

Comme je vous l'indiquais plus haut, cette fois les démarches ont été exclusivement faites par notre amie à Zurich laquelle s'est mise en rapport avec la Croix-Rouge. Je viens d'avoir un entretien avec Pasteur Manen lequel pense qu'une intervention de votre part, Monsieur le Pasteur, pourrait sensiblement accélérer le départ des enfants. Et je vous prie de bien vouloir me croire que je

Première lettre de Marianne Strauss au pasteur Freudenberg, par l'entremise du pasteur Manen, 30 août 1942

n'oserais pas faire appel à vous s'il ne s'agis-
sait pas d'un cas vraiment urgent.

Pour vous mettre au courant de l'état actuel des démarches et de toute autre indication dont vous pourriez avoir besoin, notre amie Hedi Bucher, 34, Kornhausstr. Zurich, 6. se mettra en rapport avec vous. Par ailleurs il serait prudent que vous écriviez à Mlle H. B. pour lui faire savoir que vous avez reçu ma lettre étant donné qu'il est toujours possible qu'une lettre partant par le même courrier pour Zurich ne parvienne pas à destination.

En vous remerciant d'avance de tout ce que vous pourriez bien faire pour mes enfants, je vous prie de croire, Monsieur le Pasteur, en mes sentiments les plus respectueux

Marianne Strauss

Adr : Marianne STRAUSS
Villa St-Georges
route du Tholonet
Aix-en-Provence

6

UN ROULEAU DE RÉGLISSE

Comme je l'ai déjà dit, maman était protestante par son père. Pourtant, elle s'est tournée de façon radicale vers le judaïsme car pour se marier elle devait s'y convertir[25]. Je le rapporte tel qu'elle me l'a raconté elle-même : *"Je suis allée voir un rabbin, un jeune rabbin très séduisant, M. Prinz, et je lui ai exprimé mon désir de devenir juive."* Ma grand-mère était juive, donc selon la loi, maman était juive elle aussi, et le rabbin Prinz l'a aidée à se convertir rapidement. Pourtant, même si le baptême protestant ne changeait rien aux yeux des nazis, son protestantisme de façade aurait pu la protéger pour un temps. Il lui en a fallu, de la force de caractère, pour chercher à afficher une religion qui risquait de la conduire à la mort. Au pire moment. Mais maman ne voyait pas les choses ainsi. Elle disait : *"Je voulais épouser votre père et qu'importaient les risques que je courais."*

Jouer les transfuges d'une confession à l'autre devint une affaire de famille car, à l'inverse de ce qu'avait revendiqué maman pour elle-même, il fut décidé que nous devions absolument devenir protestants, Michel et moi. Pour pouvoir partir, il fallait en effet disposer d'un certificat de baptême, prouvant aux yeux des autorités que nous n'étions pas juifs. Nous avons donc été baptisés par le pasteur Manen. Ce jour-là, j'ai renoncé à mon identité religieuse sans même le savoir. C'était une sorte de jeu. Un jeu d'adultes incompréhensible pour une enfant. On pouvait changer de Dieu si facilement. Ça ne pouvait être si grave.

Voici le souvenir que je garde de cette cérémonie. Il s'agissait d'un baptême de groupe. Nous étions plusieurs enfants juifs, entassés dans une petite pièce sombre, sans doute dans une annexe du temple. Un homme en habit noir nous faisait face : le pasteur. Je ne sais pas si nous avions saisi toute la signification que recouvrait une telle cérémonie. J'avais compris cependant – car on nous l'avait dit à maintes reprises – que cela pouvait *nous sauver la vie*[26]. Pourquoi ma vie devait-elle donc être sauvée ? Pour moi, il s'agissait simplement d'une petite fête, un peu étrange, en présence d'autres enfants, même s'il m'était interdit de jouer avec eux car on m'avait demandé de rester sage.

Tout alla très vite : un peu d'eau sur le front, une prière, et nous voilà protestants ! Mais à 6 ans, quel pouvait être l'écho de ce mot : *protestant* ? Pour nous autres, enfants, il s'agissait juste d'un nouveau terme à intégrer à notre vocabulaire et surtout à ne pas oublier.

Afin que ce baptême soit vécu comme une fête et non comme un moment grave, en sortant du temple mes parents nous ont annoncé que nous allions recevoir un petit cadeau, symbole de l'étrange moment que nous venions de vivre. Nous sommes allés au Prisunic sur le cours Mirabeau et, là, ils nous ont acheté à chacun une sucrerie. J'ai choisi un rouleau de réglisse, tout noir, avec une petite boule de couleur au milieu. C'est peut-être pourquoi, maintenant encore quand je vois des rouleaux de réglisse dans un magasin, je ne résiste pas au plaisir de m'en acheter un – juste un – et de le manger, en gardant la perle du milieu pour la fin, comme autrefois… Il fallait que je tienne jusqu'au bout du rouleau, sans toucher à la perle, sinon j'avais *perdu*. *Perdu* quoi, en fait ? Sans doute un pari avec moi-même, comme peuvent en faire les enfants.

Le lendemain, à l'école, nous avons raconté avec beaucoup de fierté ce que nous avions vécu la veille. Nous ne mesurions pas les conséquences terribles que nos aveux pouvaient avoir. Nos mots avaient la saveur acidulée de la réglisse et nous nous en délections avec une naïveté confondante.

7

M. K

Nous étions alors deux enfants, maintenant français, affublés d'un faux nom et d'un faux certificat de baptême, l'objectif étant de ne surtout pas divulguer notre origine religieuse honnie. Je me souviens encore du sentiment paradoxal qui m'a envahie lors de l'évocation de ce périple en terres inconnues. J'étais gagnée par une angoisse nouvelle, mêlée à la peine de m'éloigner de mes parents bien-aimés.

Nous n'avions plus rien de suspect et nous pouvions affronter les contrôles ferroviaires récurrents. Cependant, il ne fallait pas que l'absence d'adulte nous accompagnant éveille les soupçons. Alors, mes parents se sont enquis d'un passeur. Ce n'était pas un passeur aguerri, mais un homme ordinaire. Cet homme, M. K, était notre voisin. Il habitait juste en dessous de chez nous et était lui aussi Juif allemand. Lorsqu'il eut vent de notre recherche – qui se tramait pourtant dans la plus grande discrétion – il proposa spontanément son aide à mes parents : c'était assurément une aubaine pour lui et sa maîtresse de nous accompagner des Alpes vers l'Helvétie ! L'important était que nous serions à l'abri une fois sur place. Ainsi nos parents postiches et leurs bambins tout aussi factices eurent des alibis réciproques parfaits. M. K avait pour mission de nous accompagner jusqu'à la frontière, au pied des barbelés, puis de nous laisser là pour qu'on se débrouille seuls.

Le plan était de nous rendre à Marseille en premier lieu, puis d'y trouver un train qui nous emmènerait directement à Annemasse. Annemasse était une des villes françaises les plus proches de la frontière suisse et de Genève, située en Haute-Savoie. Je nous revois donc le jour du départ en bas du cours Mirabeau. La beauté du lieu, sa splendide architecture classique paraissait fade. Une odeur âcre planait dans l'air. Je comprenais qu'une séparation douloureuse allait avoir lieu. La tristesse m'empoignait le cœur. Michel, quant à lui, la dissimulait. Nous attendions le car avec nos parents, dans une atmosphère lourde, quasiment surréaliste, tant les choses se déroulaient vite. Lorsque le car parut, je fondis en larmes. Quitter mes parents, eux qui avaient toujours été à mes côtés, dans ce contexte extrêmement dangereux de l'occupation allemande, me semblait impensable. Je me rappelle le sourire bienveillant du chauffeur quand je suis entrée en pleurant dans le bus. Mes sanglots ont continué de plus belle à l'intérieur du véhicule. Tandis que Michel manifestait son agacement face à mes larmes, papa s'efforçait de détendre l'atmosphère pesante, en plaisantant. Rien n'y fit.

Dans le car, juste avant le départ, ce qui m'a essentiellement marquée, ce fut l'absence de paroles. Les gens s'étaient tus. Probablement étaient-ils tristes, eux aussi, de se rendre à la gare et d'aller je ne sais où. Fuyaient-ils ? Se cachaient-ils comme nous ? Je suppose aussi que ma tristesse avait dû les contaminer et jouer de manière efficace en faveur de ce lourd silence. On n'entendait que nous : papa qui tentait de calmer ma peine par les blagues et des mimiques dont lui seul avait le secret, les soupirs d'exaspération de mon frère, mes sanglots. Je me remémore encore l'air si triste de ma mère…

J'avais sans doute deviné la gravité de la situation et le danger que nous encourions tout comme la longue séparation qui allait résulter de ce départ. L'exaltation ingénue initiale avait été définitivement remplacée par une forme de désespoir.

Bien que très jeunes, tous ces changements, ces adieux et ces existences factices au sein de lieux et de familles totalement inconnus contribuaient à nous faire prendre conscience du contexte. Depuis de nombreux mois déjà, nous menions une vie bizarre. Des gens que nous ne connaissions pas venaient chez nous pour tenir à voix basse, avec les parents, des conciliabules mystérieux dont ne nous parvenaient que des chuchotements, des messes basses… Nous étions exclus de ces conversations d'adultes, mais nous nous disions que c'était *normal*. Nous n'y prêtions pas attention. Ainsi, même si je n'avais que 7 ans, cet épisode fut une première révélation pour moi, une façon de rentrer dans le monde des grands.

Avec du recul, je me rendais compte que nous n'avions pas le droit de jouer dans la rue comme y étaient autorisés nos petits camarades de l'école. Tous ces détails, d'une lourdeur extrême, constituaient un ensemble d'éléments qui rendaient l'atmosphère oppressante et suffocante pour des enfants comme nous.

Si j'accédais à cette lucidité seulement le jour du départ pour la cité phocéenne, je ne pouvais imaginer dans quel état de désespoir et d'angoisse devaient alors être mes parents. Ils étaient sur le qui-vive depuis le début de la guerre, se démenaient pour nous protéger, n'en fermaient certainement pas les yeux de la nuit. Ils étaient contraints d'être aux aguets constamment. Et, ce jour-là, ils devaient se séparer des deux êtres qu'ils chérissaient le plus au monde. Imaginer ses enfants loin de soi, même si c'était pour leur survie, sans possibilité d'avoir de leurs nouvelles, devait être tout bonnement terrifiant.

Le car a démarré. J'ai vu mes parents rapetisser derrière la vitre arrière, puis disparaître.

Le car a roulé jusqu'à la vieille gare de Marseille. Le trajet s'est écoulé brièvement. J'aurais voulu rester davantage avec mes parents. Nous sommes descendus du véhicule et avons gagné les quais en compagnie de notre accompagnateur, M. K, et de son amie. Nous sommes montés en voiture avec nos *nouveaux parents*. Le train s'est éloigné des quais, dans un tourbillon de chaleur et de fumée.

Je me souviens très bien de ce voyage de nuit. Il y avait plein de monde dans les wagons. Les rames étaient à ce point bondées que nous avons voyagé debout dans le couloir, toute la nuit. Il nous avait été demandé de parler le moins possible et surtout de ne pas dire que le but du voyage était de nous rendre en Suisse. Nous étions donc, mon frère et moi, en tension constante. Le voyage était très angoissant. Nos chances d'être arrêtés restaient minces grâce à nos faux papiers et nos alibis solides. Mais l'absence de nos parents et l'atmosphère oppressante, due à la densité de la foule autour de nous, augmentaient notre terreur. J'étais minuscule et les voyageurs gigantesques. De même pour mon grand frère qui restait *petit* parmi la masse des voyageurs adultes. Pourtant, le voyage se déroula sans embûche, et nous avons passé les deux contrôles d'identité de la nuit sans heurt.

Nous sommes descendus à Annemasse sept heures plus tard. Mes jambes de petite fille étaient flageolantes, cassées par la fatigue. M. K m'a alors portée sur ses épaules pour ne pas perdre de temps. De cette ville savoyarde, nous devions nous rendre au lieu de passage à Veyrier, situé à environ cinq kilomètres au sud de la gare. Nous devions donc être naturels, mimer encore une fois l'excursion en famille au sein des pittoresques paysages savoyards pour ne pas éveiller les soupçons. Lors de ce nouveau trajet, le décor verdoyant et le vacarme incessant des patrouilles aériennes m'ont frappée. Je ne comprenais pas qu'une région d'apparence si prospère, puisse être elle aussi contrôlé par les militaires allemands. La réalité était que depuis novembre 1942, cette zone – dite *libre* – était sous occupation allemande et une autre partie sous occupation italienne. La proximité avec la Suisse et l'importance stratégique du lieu en faisaient un secteur de mouvements et de contrôle des plus importants de la région.

Comme le montre ce document d'archive, nous passâmes donc par Mornex, puis par Veyrier, deux villages au sud d'Annemasse. C'est au niveau de Veyrier que nous devions traverser clandestinement la frontière, le 21 mars 1943…

Une filière avait été organisée à Mornex par le curé. Mais il fut convenu – je ne sais plus pour quelle raison – que de ce point nous nous débrouillerions seuls. Ce que nous fîmes… Nous nous rendîmes donc à Veyrier, où se trouvait un cimetière israélite depuis 1920. Celui-ci se situait à cheval sur la frontière entre la France et la Suisse. Ce cimetière d'indésirables était paradoxalement fréquenté par tout type de personnes. Il resta un lieu de passage clandestin durant toute la période 1939-1945 pour beaucoup de monde[27].

Ce lieu de mort et de vie entremêlées fut le miroir de notre condition, de nos rêves et de nos peurs. Cependant, les enfants que nous étions ignoraient que la frontière entre l'anéantissement et l'espoir se tenait sur un tel point d'intersection…

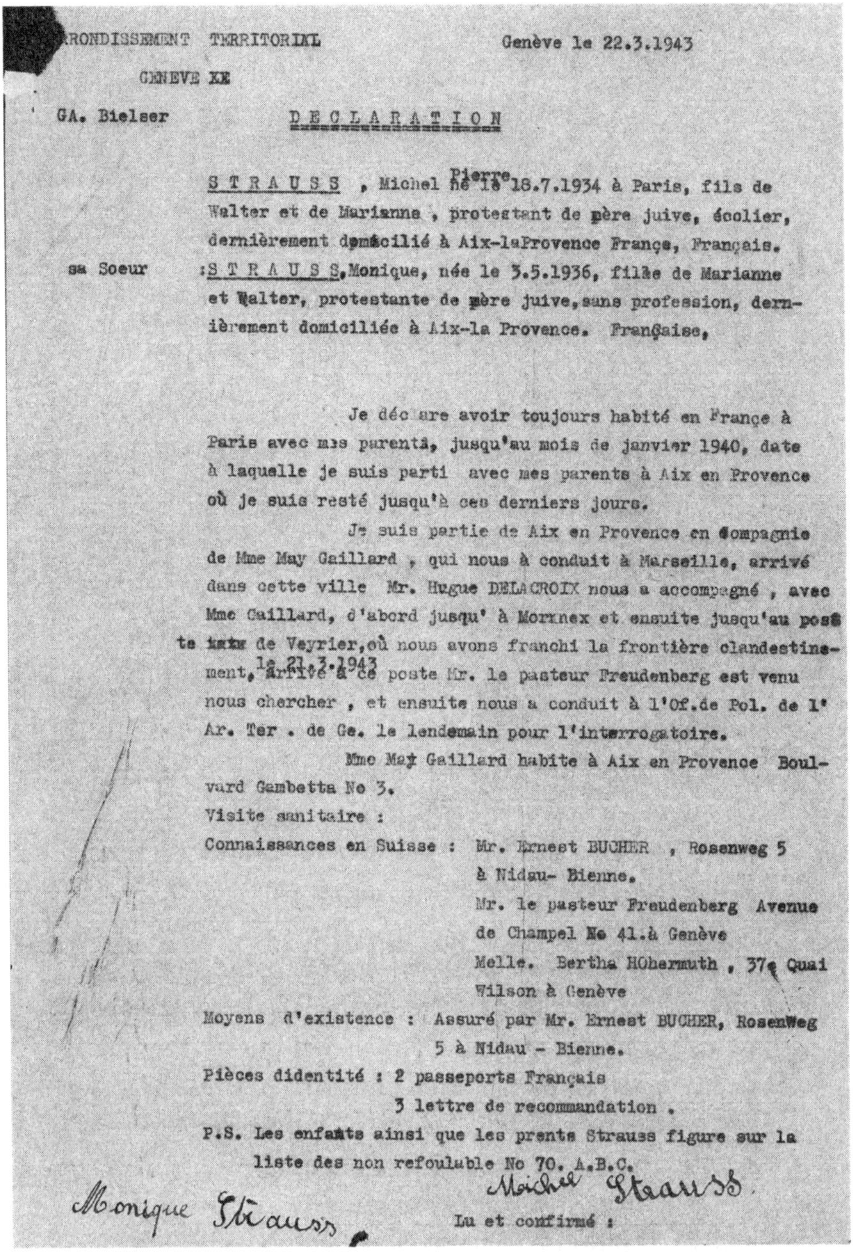

ARRONDISSEMENT TERRITORIAL Genève le 22.3.1943

GENEVE ~~XE~~

GA. Bielser

D E C L A R A T I O N

S T R A U S S , Michel Pierre ~~né le~~ 18.7.1934 à Paris, fils de Walter et de Marianne , protestant de père juive, écolier, dernièrement domicilié à Aix-laProvence France, Français.

sa Soeur : S T R A U S S, Monique, née le 3.5.1936, fille de Marianne et Walter, protestante de père juive, sans profession, dernièrement domiciliée à Aix-la Provence. Française,

Je déclare avoir toujours habité en France à Paris avec mes parents, jusqu'au mois de janvier 1940, date à laquelle je suis parti avec mes parents à Aix en Provence où je suis resté jusqu'à ces derniers jours.

Je suis partie de Aix en Provence en compagnie de Mme May Gaillard , qui nous à conduit à Marseille, arrivé dans cette ville Mr. Hugue DELACROIX nous a accompagné , avec Mme Caillard, d'abord jusqu' à Mornnex et ensuite jusqu'au poste ~~xxx~~ de Veyrier, où nous avons franchi la frontière clandestinement, le 21.3.1943 arrivé à ce poste Mr. le pasteur Freudenberg est venu nous chercher , et ensuite nous a conduit à l'Of. de Pol. de l' Ar. Ter . de Ge. le lendemain pour l'interrogatoire.

Mme May Gaillard habite à Aix en Provence Boulvard Gambetta No 3.

Visite sanitaire :

Connaissances en Suisse : Mr. Ernest BUCHER , Rosenweg 5 à Nidau- Bienne.

Mr. le pasteur Freudenberg Avenue de Champel No 41. à Genève

Melle. Bertha HOhermuth , 37e Quai Wilson à Genève

Moyens d'existence : Assuré par Mr. Ernest BUCHER, RosenWeg 5 à Nidau - Bienne.

Pièces didentité : 2 passeports Français 3 lettre de recommandation .

P.S. Les enfants ainsi que les prents Strauss figure sur la liste des non refoulable No 70. A.B.C.

Michel Strauss

Monique Strauss

Lu et confirmé :

Déclaration des enfants Strauss au lendemain de leur arrivée sur le territoire suisse, 22 mars 1943, archives de Genève

8

DE L'AUTRE CÔTÉ

Ces passages de la frontière, comme je l'ai déjà précisé, se faisaient avec des passeurs plus ou moins rémunérés. Or, Michel et moi sommes passés seuls, sans aucune aide, en dehors de l'accompagnement de M. K jusqu'au pied des barbelés.

Nous avons eu beaucoup de chance. Et, je peux le dire maintenant, beaucoup de courage. C'est sans doute l'admiration que j'ai pour nous qui m'amène à dire et redire que nous étions tous les deux tout seuls pour agir. Je suis très fière de la maturité dont nous avons fait preuve à ce moment précis.

M. K et son amie nous ont donc accompagnés jusqu'à la frontière entre la France et la Suisse. Cette frontière était matérialisée par deux lignes ininterrompues de fils de fer barbelés, inquiétantes et sinistres, érigées sur plusieurs mètres de hauteur. (Peut-être cela me semblait-il très haut parce que j'étais encore petite ?) Cette zone était gardée, côté français, par des soldats italiens, positionnés à intervalles réguliers. Tous étaient accompagnés de gros chiens-loups, allongés à leurs pieds, attendant les ordres de leur maître.

Puis soudain, M. K s'est tourné vers nous et a crié :

— Allez, maintenant courez vite ! Vous allez grimper par-dessus les barbelés. De l'autre côté, vous trouverez un bout de terrain, puis d'autres barbelés à escalader. Après, vous ne risquez plus rien !

Je me souviens de façon très précise du regard de Michel lorsque je le croisais. Mon frère était terrorisé, affolé. Il comprenait sans doute beaucoup mieux que moi la gravité de la situation, saisissant le danger que nous courions, si nous ne réussissions pas cette traversée. De plus, étant l'aîné, j'imagine que des recommandations lui avaient été données pour qu'il me protège et me guide dans cette tentative de fuite.

Un soldat italien en uniforme, sans doute ému de voir deux jeunes enfants livrés à eux-mêmes et en danger, nous a conseillé de nous dépêcher de grimper, sans cela il serait obligé de lâcher son chien et de nous rattraper. Était-ce la vérité ? Ou prononçait-il ces mots terribles pour nous donner le courage de grimper[28] ?

C'étaient de vrais barbelés. Avec, très serrés, des piquants dans tous les sens. Michel se lance avant moi. Il se retrouve très vite de l'autre côté de la première clôture. Moi, je commence à grimper, mais en essayant de passer la jambe, tout en haut, de l'autre côté pour redescendre, je n'arrive plus à avancer. Je suis habillée avec un large pantalon vert en laine, dont je me souviens très bien. Ce pantalon s'accroche à tous les piquants et m'empêche de faire le moindre mouvement. Je m'enfonce profondément un piquant dans la main. Je pleure, j'ai peur. Michel pleure aussi, en me voyant m'immobiliser tout en haut. Il remonte pour m'aider, tire sur ma main pour la dégager. La plaie s'agrandit, saigne. Pourtant, je parviens, par je ne sais quel miracle, à continuer. Je ne crois pas que ce soit le courage qui me fait avancer, mais la peur du gros chien.

À grand-peine, j'arrive à redescendre de l'autre côté. Nous sommes dans la zone entre les deux rangées de barbelés, le no man's land. Nous courons en pleurant. Nous passons avec difficulté par-dessus la deuxième clôture. À ce moment, nous voyons arriver vers nous un homme en uniforme : un douanier suisse qui nous fait des signes.

Je saigne beaucoup. Je me souviens de la douleur. Douleur due à la profondeur de la blessure. Douleur de l'âme. Sans doute aussi : impression d'abandon total. De grand danger. Pourtant Michel est là. Nous sommes tous les deux ensemble. Un grand frère qui, une fois de plus, me protège.

Je ne me souviens pas de m'être retournée afin de vérifier si M. K et son amie étaient restés là pour s'assurer de la réussite de notre passage. Le risque persistait quand même. Et jusqu'au dernier moment nous pouvions être refoulés.

Le douanier suisse nous rassure. Il nous calme. Il nous demande de le suivre à un endroit où je vais être soignée et où nous allons recevoir quelque chose à manger.

Nous arrivons au poste de douane. Nous sommes dans une pièce calme où il fait bon. Ma plaie est pansée (j'ai toujours la cicatrice dans la main) et on nous sert une bouillie chaude et sucrée.

Peut-être que mon plaisir de manger des bouillies sucrées date de ce moment. En écrivant ces quelques lignes, je m'aperçois que certaines de mes préférences alimentaires sont liées à des épisodes graves survenus à cette époque.

9

FAUSSE VIE

Voilà ce qui est rapporté dans le livre de la Cimade, dont j'ai déjà parlé. Ces lignes sont celles de Suzanne Loiseau-Chevalley, nommée par les douaniers suisses, "la jeune fille au turban". Elle participait avec différentes organisations œcuméniques au passage d'enfants et d'adultes juifs de la France vers la Suisse :

> Un soir dans l'appartement du pasteur Freudenberg est arrivé un douanier suisse annonçant qu'ils avaient recueilli deux enfants, Michel, 7 ans, Monique, 5 ans, après qu'un jeune homme les avait poussés par-dessus les barbelés. La fille était blessée à la main. Tous les deux avaient autour du cou une petite pancarte avec le nom et l'adresse du pasteur Freudenberg. Le douanier lui a demandé de venir de suite récupérer ces deux enfants, afin qu'il ne soit pas obligé de les faire passer par toute l'expérience des camps suisses. Ainsi fut fait, ils étaient les enfants d'amis poursuivis[29].

Un film, réalisé par Bernard Romy et Claude Torrocinta, *Mémoires de la frontière*, relate cette période, où Annemasse était l'un des principaux lieux de passage clandestin entre la France et la Suisse[30].

Grâce aux pasteurs Manen et Freudenberg nous étions fichés sur une liste prouvant que nous étions attendus en Suisse et non-refoulables. C'est le pasteur Freudenberg lui-même qui est venu nous chercher quelques heures après notre arrivée au poste frontière[31].

En août 1942, la frontière avait été officiellement fermée car la Suisse interdisait toute immigration. Cependant, d'après les archives, entre 1942 et 1945, 24 000 personnes ont traversé la frontière dont 10 000 Juifs. Parmi ceux-ci, 2 000 ont été refoulés et 117 d'entre eux ont été ensuite déportés. Cette attitude de la Suisse a été sévèrement condamnée[32].

Le pasteur Freudenberg habitait Genève avec sa femme et son fils. Celui-ci était un peu plus âgé que Michel. Peut-être y avait-il aussi d'autres enfants, mais je ne m'en souviens pas. Nous sommes restés chez eux quelques semaines, en attendant que toutes les formalités concernant l'immigration soient remplies. Je garde de cette période un souvenir plutôt agréable.

C'était une atmosphère de famille nombreuse, gaie, chaleureuse. Nous faisions du vélo. Reinhart, le fils, pédalait et, moi, j'étais assise sur son porte-bagage. Michel nous suivait. Le calme, la nourriture en quantité normale, mon grand frère à mes côtés – nous dormions ensemble – tout paraissait enfin rassurant après la période de grand danger que nous venions de traverser.

Par M. K, nos parents ont très vite su que nous avions réussi à passer la frontière. Maman m'a raconté que j'avais envoyé une carte postale, où je leur écrivais :

"C'est très facile d'escalader les barbelés, vous n'avez qu'à venir aussi !"

Puis nous avons dû quitter la famille Freudenberg. Je pense que d'autres enfants attendaient quelque part le moment de pouvoir faire le même parcours que nous.

Deux familles à Genève avaient accepté de nous héberger pour un temps, avant que ne s'impose un nouveau changement. Ces deux familles ne voulaient prendre en charge qu'un seul enfant. Il était donc impossible de nous laisser ensemble. Les familles étaient contraintes de choisir entre une fille et un garçon. (Je n'ai appris ce "détail" que beaucoup plus tard.) J'étais affreusement triste de quitter Michel. Pourquoi ne pas nous laisser ensemble, alors que tout était déjà si difficile après la séparation d'avec nos parents, l'impossibilité de recevoir de leurs nouvelles et de communiquer avec eux ?

Je trouvais la famille de Michel plus amusante, plus proche du mode de vie auquel nos parents nous avaient habitués. Je l'enviais.

Je fus placée dans une famille qui me sembla très riche. Elle vivait dans un luxe, une opulence, que je n'avais jamais connus. J'ai en mémoire une grande maison, magnifique, où tout était en ordre et où tout le monde était gentil avec moi. Cependant, de cette période, je garde le souvenir d'un grand vide, si je la compare aux semaines passées chez les Freudenberg,

Un jour, nous avons été emmenés, Michel et moi, dans un grand bureau, où il y avait beaucoup de monde.

Nous avons été interrogés[33]. Le dialogue résonne encore aujourd'hui dans ma mémoire. Quelqu'un m'a demandé :

— Es-tu juive ?

— Oui.

Mon frère m'a alors donné un coup de coude, puis m'a grondée :

— Tu sais, Monique, que tu n'as pas le droit de dire que tu es juive ?

Et la personne qui m'interrogeait m'a dit alors doucement :

— Ici tu as le droit, tu es en Suisse.

La peur fut longtemps le lot de ma famille. Dans les années 1930, en Allemagne, on appelait toutes les femmes juives, "Sarah", et tous les hommes juifs, "Israël". Insultes et caricatures étaient fréquentes et il est arrivé à ma grand-mère de se faire traiter de "putain de juive". Le 1er septembre 1940 le port de l'étoile jaune fut décrété obligatoire. Mes grands-parents en avaient reçu une en papier, qu'ils durent accrocher à la porte de l'appartement. Ils protestèrent car ils étaient allemands et propriétaires de leur logement. Mais on leur répondit que même si quinze Aryens vivaient sous le même toit qu'un porteur d'étoile, celle-ci devait être fixée à l'entrée.

Quelques jours plus tard, nous avons appris que tout était prêt pour que nous puissions quitter Genève. Nous allions rejoindre les familles chez qui nous devions rester définitivement. Pour les retrouver, il fallait à nouveau prendre le train, ce qui fut une idée encore plus angoissante que celle d'aller vivre chez des inconnus.

Michel et Monique Strauss
devant la gare de Genève, été 1943

Direction Bienne. Le trajet fut calme, comme teinté d'un grand sentiment d'impuissance. Le ton tragique des événements récents avait émoussé de notre imaginaire le goût pour de nouvelles aventures. Nous ne ressemblions plus aux enfants qui se baladaient quelques mois plus tôt sur le cours Mirabeau. Nos visages étaient marqués par la dureté des jours que nous venions de traverser. Notre air très sérieux allait de pair avec ce sévère costume suisse.

Ainsi habillés, nous étions invisibles parmi les enfants du pays. Nous étions présentables. Tout en nous était net et bien ordonné. Michel avait même l'écusson helvète cousu sur sa veste. Moi, j'étais pourvue d'un petit sac à main et d'un joli chapeau. C'est étrange comme contraste : un premier sac à main… une joie innocente de petite fille, dotée d'un objet non pas offert par ma mère pour ma première soirée, mais par un inconnu qui ne cherchait qu'à me protéger en me déguisant.

Bienne ne fut qu'un passage flou, agité, comme un couloir inconnu qui semblait sans fin. Je n'avais aucun repère. Je savais simplement que nous ne pouvions pas rester ensemble, Michel et moi. Une fois encore, les familles ne voulaient que d'un seul enfant chez elles. Et cette certitude sinistre ne me faisait qu'appréhender davantage ce périple suisse.

À Bienne un garçon. À Berne une fille.

Michel était attendu à Bienne par Hédi. Elle avait été notre nounou avant la guerre à Paris et était devenue une amie de nos parents. C'est elle qui avait trouvé la famille où je devais aller vivre. Une fois de plus, c'était un changement violent et une nouvelle séparation d'avec Michel. Même si la conviction de le retrouver tôt ou tard m'habitait, tout mon être était déchiré. Comment ne pas se sentir perdue lorsqu'on vous arrache à la présence rassurante de votre grand frère ?

J'étais attendue à Berne chez le cousin de Hédi, marié et sans enfant. Le couple était venu me chercher le soir de mon arrivée à Bienne chez celle-ci. Aussi, ce même soir, ai-je repris le train pour Berne avec "le monsieur et la dame" qui ne parlaient pas un mot de français. Un couple que je n'avais jamais vu et qui ne me comprenait pas. Ce moment m'évoque un long déchirement, dont la sensation serait comparable à un pansement qu'on arrache le plus lentement possible. Je repensais à la dernière image de mon frère, essuyant maladroitement mes larmes. Cette vision si triste rendait impossible le moindre dialogue avec ces deux inconnus qui pourtant me regardaient avec tendresse.

Ces séparations successives ont définitivement ancré en moi la difficulté de m'arracher à ceux que j'aime. En revanche, je suppose que toutes ces expériences m'ont appris à ne m'attacher ni aux lieux ni aux objets. Tout peut changer à tout moment, on peut tout perdre du jour au lendemain, de façon totalement imprévisible. À 7 ans et demi, je ne connaissais déjà que trop bien cette réalité. C'est essentiel pour moi de dire *"7 ans et demi"*, et de préciser par là que je me rapprochais de mes 8 ans. Car les mois semblaient alors aussi longs que des années. Et, en ces temps difficiles, je grandissais, mûrissais très vite.

Ma certitude la plus profonde était qu'on ne pouvait me prendre ni mon père, ni ma mère, ni mon frère. Je me disais que tout pouvait changer encore et encore, mais que la fin de l'histoire se concluait obligatoirement par un retour à Aix, ensemble. Le regard de mon frère en était la promesse même.

Arrivée dans cette nouvelle ville, Berne, à bord du tramway qui nous emmène à la maison, je me rends compte que je ne comprends pas la langue que parlent les gens autour de moi. Je suis perdue. Les mots ne sont plus des mots, mais des paroles fluettes sans aucun sens, dont je n'arrive pas à percevoir l'intention quand elles me sont adressées. C'est la première fois que cela se produit. Je n'avais jamais entendu mes parents parler allemand auparavant car en France, à cette époque, il valait mieux que personne ne sache qu'ils venaient d'Allemagne.

Mon premier dîner à Berne m'est resté en mémoire. Il y avait sur la table de la cuisine une cloche en tissu en forme de bécassine. Pensant qu'il s'agissait d'une poupée, je l'ai soulevée hâtivement sans savoir qu'elle cachait un gros pot de lait dans le but de le maintenir bien au chaud. Et catastrophe ! Tout se renverse. Le lait bouillant se répand par terre sur le sol de la cuisine. Ce fut un drame pour moi. J'avais l'impression d'avoir commis quelque chose de très grave. J'avais peur de me faire renvoyer, alors que je venais à peine d'arriver. Peur de devoir à nouveau subir le balancement lourd du train bondé, l'angoisse de notre solitude et de notre fragilité. Je restais inconsolable. Je ne comprenais pas ce que me disaient "la dame et le monsieur". Je ne pouvais parler à personne. Michel n'était plus là.

Je n'ai pas été grondée. Tout a été nettoyé dans le calme, puis nous nous sommes mis à table. J'étais toujours plongée dans un mutisme timide. Notre dîner était inhabituel pour moi, composé de café au lait, de pain, de beurre, de gruyère et de pommes de terre grillées, le fameux *rösti* suisse. Je trouvais cet assemblage totalement décalé, surtout avant d'aller se coucher. Mais, petite, j'étais très docile et trop embarrassée pour me plaindre. Je savais aussi que j'avais tout intérêt à plaire à ces personnes pour avoir le droit de rester chez elles.

Depuis que nous avions quitté Aix, je n'avais aucune nouvelle de mes parents. Nous étions prévenus qu'il était très difficile de recevoir du courrier de France. Plusieurs fois par jour, j'allais voir s'il y avait quelque chose dans la boîte aux lettres. Chaque fois, c'était la même déception : rien ne m'était adressé.

Ainsi a commencé ma nouvelle vie à Berne. Peu à peu, j'ai été transformée en une authentique petite

Suissesse avec deux nattes bien tirées. J'étais habillée comme toutes les petites filles, bien proprement, avec une robe spéciale pour le dimanche. Mais malgré cette capacité à me fondre dans le décor, j'étais habitée par un grand sentiment de solitude, ne pouvant échanger avec personne. (J'étais enfermée dans la cage du langage, je me sentais piégée et abîmée par ces sons qui m'écorchaient l'oreille.) J'attendais donc le réveil de ce songe absurde, avec le sentiment d'échapper à ma propre réalité.

Très vite, on m'a inscrite à l'école du quartier. J'y étais la seule étrangère de la classe, et même de l'école. Seule au milieu de groupes soudés, je découvris une nouvelle facette de la solitude. C'était alors un peu comme si tous me voyaient nue, et que je n'avais rien pour me vêtir et me protéger de leurs regards inquisiteurs.

Devenue la nouvelle bête curieuse, toutes les filles m'entouraient, ce qui a fini par éveiller mon attention pour le suisse allemand. Ce fut savoureux de me réconcilier peu à peu avec l'humanité, et de rencontrer les autres par les mots.

Pourtant je garde un souvenir amer de cette langue. C'est une langue que je n'aime pas. Je la trouve laide. Le français me manquait. C'est lui qui nourrissait mes pensées. C'est lui que j'entendais dans mes rêves. C'est lui qui vivait dans mes souvenirs.

Au bout de quelques semaines, j'ai eu une maîtresse puis un maître qui parlaient français. Je garde d'eux un souvenir ému car ils m'ont beaucoup aidée à m'intégrer auprès des autres enfants. Au début, ils ne m'ont parlé qu'en français. Quand il y avait toutes ces filles autour de moi et que je paniquais de ne pas comprendre leurs questions, ils venaient me tirer d'affaire. Ils m'ont donné le goût de l'étude et l'envie d'apprendre.

Peu à peu, que ce soit dans l'immeuble où nous habitions ou dans le quartier, les gens ont été informés de l'arrivée d'une enfant juive française et ceux qui parlaient le français étaient contents de faire ma connaissance, ce qui me réjouissait. J'avais l'impression qu'un pont était en train de se construire entre mes racines, celle que j'étais profondément, et ces nouvelles conditions de vie.

Tous les jours, tel le Petit Chaperon rouge, je devais apporter le repas à la mère de mon "Vati" au premier étage de son immeuble. Un matin, dans la cage d'escalier, un monsieur m'a abordée en français. C'était le grand méchant loup, et en un instant, il m'a dévorée. (Il a eu des gestes déplacés et m'a agressée sexuellement.) Je suis rentrée, tétanisée par ce qui venait de m'arriver, et je n'en ai pas parlé à "Mutti". J'ai fini par évoquer cet épisode à l'âge de 25 ans. À l'époque de l'agression, j'en avais 7. Ce souvenir s'est terré dans le silence durant des années. Mais il s'agit d'une une autre histoire. Je n'en dirai pas plus.

Mes "nouveaux parents" étaient si fiers de moi, tellement heureux d'avoir une enfant chez eux, qu'ils ne savaient pas quoi inventer pour me faire plaisir. Ils étaient tendres, très affectueux, très préoccupés dès que j'étais triste. Je me souviens que, pensant que j'aurais peur de dormir seule, du moins c'est le prétexte qu'ils me donnèrent, ils avaient installé par terre dans leur chambre un petit matelas. Ainsi, pendant de nombreux mois, j'ai dormi à côté d'eux.

Dans la rue, quand ma mère adoptive se promenait avec moi et que quelqu'un lui demandait qui était *cette petite fille*, je me souviens de sa réponse en suisse allemand : *"C'est ma petite réfugiée française."* Elle le disait en souriant avec une grande fierté.

Ils étaient très sportifs et, en hiver, nous partions tous les week-ends à la montagne, dans un grand chalet, où il y avait plein de monde, plein d'enfants, et nombreux étaient ceux qui parlaient français. Là, j'ai appris à faire du ski. C'était du ski de haute montagne, et il n'y avait, bien sûr, aucune remontée mécanique à l'époque. Nous faisions du ski dans la neige fraîche et non sur des pistes, ce qui nous offrait un sentiment de puissance et d'extase.

Un jour, sur la piste, je n'ai pas vu le fil de fer barbelé qui clôturait le champ. J'ai fait une chute très violente, en m'accrochant le mollet de la jambe droite dans les piquants. Il en a résulté une plaie profonde, dont je garde encore aujourd'hui une large cicatrice. Je ne pouvais plus avancer et les adultes autour de moi ont été obligés de me porter jusque dans la vallée. Ce jour fut celui d'une nouvelle rencontre avec les barbelés. En un éclair, cet accident m'a fait revivre douloureusement le passage de la frontière. Tout ce que j'avais réussi à cacher dans un creux de ma mémoire a rejailli. J'oscillais entre deux vies : celle d'une enfant innocente et celle d'une jeune française pleine de terreurs imprimées sur la peau.

En été, c'était le temps de la natation. Nous plongions dans la rivière qui traverse Berne, l'Aar. C'est là que j'ai appris à nager. L'eau m'habillait et je prenais un grand plaisir au sentiment de liberté que m'offrait son courant. Tous ces moments de vie, très simples, charmants, auraient pu trahir mon histoire sur une photographie. Au développement de cette pellicule imaginaire, on y aurait découvert une famille paisible et unie. Mais pour moi, il n'en était rien. Mes vrais parents me manquaient. Je ne pensais qu'à eux. J'ai même pris conscience beaucoup plus tard que l'espoir secret de mes parents adoptifs était, en m'accueillant, que mes véritables parents ne reviennent jamais de cette guerre afin qu'ils puissent me garder définitivement pour eux.

10

ENCRE SYMPATHIQUE

Après quelques mois passés à Berne, j'ai enfin reçu une lettre de maman.

La feuille était traversée en long, en large et en travers par d'amples traces bleu clair, ou bien bleu foncé. Tant de signes étranges qu'il était même difficile par endroits de déchiffrer les mots que j'attendais avec tellement d'impatience.

(En fait, ce procédé permettait de faire apparaître à la lecture un texte écrit avec de l'encre invisible, par exemple avec du jus de citron. Les lettres devaient être ouvertes, peut-être pas toutes, mais, celles envoyées en Suisse l'étaient souvent car on savait que la fuite des Juifs vers la Suisse était chose fréquente.)

Or, cette lettre que j'attendais ardemment était totalement impersonnelle. Nul n'aurait pu penser que c'était celle d'une mère adressée à sa fille. Ce que j'espérais comme une lettre d'amour n'était en réalité qu'un courrier à l'allure administrative, bêtement factuelle. Pour des raisons de sécurité, il fallait qu'il en soit ainsi. Mais je ne pouvais pas le comprendre. J'éprouvais un profond sentiment d'injustice. Je m'étais alors enfermée dans la salle de bains pour être seule. Je lisais et relisais la missive, en pleurant pour tenter d'y trouver la moindre once de sentiment maternel. J'avais l'impression d'être soudain devenue une étrangère pour ma mère. Je crus qu'elle ne m'aimait plus comme avant, quand nous vivions ensemble.

11

VATI UND MUTTI

Très vite mes nouveaux parents m'ont demandé de les appeler "Vati et Mutti" : papa et maman en allemand. Jusqu'à leur mort, je les ai nommés ainsi. Mais ces deux mots n'ont jamais remplacé ceux de "papa et maman" dans mon cœur.

Mutti avait un métier qu'elle exerçait à domicile : elle était tapissière et cousait toute la journée des rideaux. C'était une personne très gaie, tendre et sensible. Nous nous entendions bien et avions une grande complicité.

Vati était un monsieur maniaque, très pointilleux. Il fallait que tout soit en permanence rangé, astiqué. La vraie obsession suisse ! Alors, régulièrement, Mutti étalait un peu de cire sur les meubles pour que s'en dégage une odeur de grande propreté. (C'était un de nos secrets.)

Vati travaillait aux abattoirs de Berne. Il était comptable. Nous allions souvent le chercher le soir à la sortie du bureau à vélo. (Encore un souvenir très présent.) Quand on arrivait près des abattoirs, il y avait d'immenses bâtiments, où étaient parqués les animaux, attendant d'être abattus. Ils hurlaient en permanence et cela me terrorisait. Je n'ai jamais osé en parler à mes parents adoptifs.

Après quelques mois, je suis tombée malade. Une diphtérie a été diagnostiquée. Le traitement consistait à badigeonner tous les jours les amygdales avec de l'alcool iodé. Chaque matin, à la même heure, le médecin arrivait avec sa longue tige en métal entourée de coton, qu'il plongeait dans un flacon d'iode. Et hop ! *"Ouvre la bouche."* C'était affreusement douloureux. De plus, j'étais en quarantaine pour ne contaminer personne. Tout s'est terminé à l'hôpital, où j'ai été opérée des amygdales. Bizarre médecine maintenant que je vois cela avec un œil de médecin…

J'attendais toujours avec impatience le moment où je pourrais rejoindre Michel pour quelques jours. Il était prévu que je le voie à intervalles réguliers. Mais je savais surtout que si j'étais malade, je pourrais rester plus longtemps à ses côtés. Hédi m'ayant connue bébé, Vati et Mutti pensaient qu'elle était la plus à même de me soigner. Aussi, étais-je souvent malade, ce qui n'était certainement pas un hasard…

Un autre souvenir me revient : la découverte d'un uniforme de soldat et d'un fusil bien astiqué. Pourquoi cette arme était-elle ici ? À l'époque, ce genre d'équipement était celui des soldats allemands qui sillonnaient les rues d'Aix. Une explication a fini par m'être donnée par Vati : il pouvait être appelé comme réserviste, alors il se tenait prêt. Mais je n'ai rien compris et cela a engendré chez moi un certain malaise…

J'ai sous les yeux une longue lettre de maman, sans doute adressée au pasteur Freudenberg. La missive est pleine de sous-entendus car, dans ces années-là, il n'était pas possible de parler précisément de la situation sans encourir un grand danger. Le style étrange de ma mère prouve qu'elle recevait de nos nouvelles et que Michel lui écrivait souvent… La lettre date du 14 décembre 1943. La fuite de maman vers la Suisse a certainement été décidée à ce moment[34].

Aix le 14 décembre 1943

Bien cher ami,

Il y avait un moment où il me paraît tout à fait probable de vous voir encore dans cette année. Nous n'en aurions été que trop heureux. Mais nous voilà toujours ici – en danseurs à la corde raide tout à fait perfectionnée – jusqu'à la preuve du contraire, j'entends. Est-ce bien ou mal ? Comment voulez-vous savoir avant que tout soit fini. Il se peut fort bien qu'un jour nous soyons obligés de vous faire les pires reproches. Et il se peut également que cette épreuve nous soit épargnée. Nous nous efforçons de garder notre moral en bon état, d'avoir un courage inébranlable et de ne jamais perdre l'espoir. Le travail dont nous avons plus qu'il n'en faudrait par moments, est le médicament qui nous maintient par excellence. En cela nous sommes plus heureux que beaucoup d'autres, qui, en vain, cherchent une activité qui puisse donner un sens à leur vie. Je pense que rien ne doit être pire qu'une existence qui sombre dans le vide et qui donc a perdu toute sa raison d'âme. L'autre grande consolation, vous la connaissez aussi – et je n'en dis pas plus long. Je ne sais absolument pas comment nous subsisterions en ce moment si nous n'étions pas que nous deux.

Vous imaginez facilement que cette année nos pensées les plus affectueuses sont là-bas, chez vous. Non seulement auprès de Michel et Monique, mais auprès de vous tous qui nous avez été d'un si inestimable secours moral et matériel dans toutes nos difficultés. Tous les mots me semblent d'une banalité désarmante pour vous exprimer de quoi nos cœurs sont remplis pour vous. Je vous espère tous réunis pour les fêtes et espère que vous puissiez les passer dans la joie et le calme les plus parfaits. Nos vœux pour ce que la nouvelle année devra vous apporter sont surtout tous dirigés dans la même direction. Espérons que ces vœux ne soient pas déçus une fois de plus. Ce serait vraiment trop, trop terrible.

Hédi me donne régulièrement des nouvelles – jusqu'alors toujours des bonnes. Elle nous dit aussi que vous êtes toujours en contact très étroit avec les Bucher et de cela nous sommes très heureux et vous nous les remercierez très sincèrement. En voyant tout ce que ces chers Bucher font pour Michel, nous ne faisons que rester tout confus. Michel lui-même nous l'écrit aussi assez souvent – à son âge où généralement on n'aime pas trop écrire. Monique, par contre se fait très rare. Mais cela correspond entièrement à son caractère. Nous savons qu'elle est en bonnes mains et c'est l'essentiel.

Nous voyons souvent l'oncle Henry qui lui reste toujours le même homme admirable. Avoir toujours du courage et en communiquer aussi aux autres – en voilà une tâche bien difficile de nos tristes jours.

Dernièrement j'ai lu par hasard, dans un journal une notice sur votre ami Max. D'après cela il peut croire qu'il a atteint tous les honneurs dus à son grand niveau intellectuel. Avez-vous parfois des nouvelles directes de lui ?

En regardant cette page, j'ai l'impression que ça doit se lire très difficilement. Je m'en excuse. Mon écriture devient de plus en plus petite – mais je n'y suis pour rien.

Voilà – je vous laisse, cher ami : une fois de plus prenez tous nos vœux les plus cordiaux pour Noël et le Nouvel An et tous nos grands sentiments et croyez en notre amitié affectueuse.

Marianne Strauss

12

ÉTRANGÈRES

En mars 1944, maman a emprunté le même parcours que nous. Elle a quitté Aix, puis a passé clandestinement la frontière à Annemasse.

Durant cette période, une telle tentative était devenue beaucoup plus risquée qu'elle ne l'avait été pour nous, puisque les frontières étaient désormais fermées. Elle est donc partie avec deux jeunes, un frère et sa sœur, juifs tous les deux.

Ils sont d'abord restés quelques jours dans le Jura, dans un petit hôtel pour observer ce que faisaient les Allemands. Ainsi, ils ont pu appréhender le rythme des changements d'équipes le long des fils de fer barbelés en fonction de leurs heures de repas. Ils ont alors choisi le moment du déjeuner pour passer.

Il y avait, cette année-là, tellement de neige qu'ils ont pu passer à ski par-dessus les barbelés.

Un douanier suisse les a vus et les a amenés au poste-frontière. Maman y a été signalée par le pasteur Freudenberg. Mais les deux jeunes ne l'ont pas été et ils ont été refoulés en France. Maman a fini par apprendre que leur oncle, vivant en Suisse, avait pu les faire revenir six semaines plus tard.

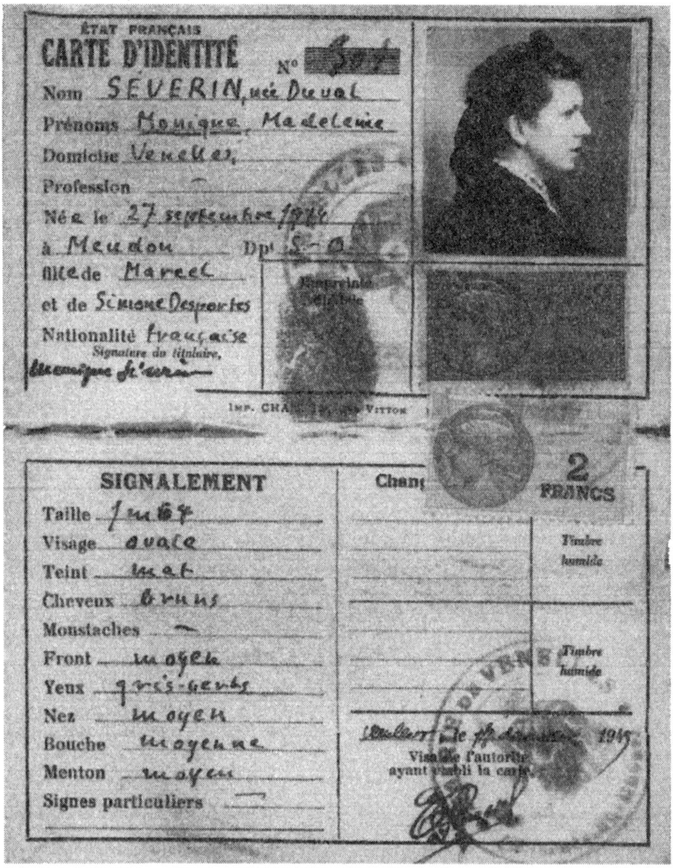

ÉTAT FRANÇAIS

CARTE D'IDENTITÉ

N° [redacted]

Nom SÉVERIN, née Duval

Prénoms Monique, Madeleine

Domicile Venelles

Profession —

Née le 27 septembre [illegible]

à Meudon Dpt S.-O.

fille de Marcel

et de Simone Desportes

Nationalité française

Signature du titulaire,

Empreinte digitale

Imp. Cha[illegible] Vitton

SIGNALEMENT

Taille 1 m 64

Visage ovale

Teint mat

Cheveux bruns

Moustaches —

Front moyen

Yeux gris-verts

Nez moyen

Bouche moyenne

Menton moyen

Signes particuliers —

Chang[illegible]

2 FRANCS

Timbre humide

Timbre humide

Venelles, le [illegible] 1943

Visa de l'autorité ayant établi la carte.

Fausse carte d'identité de Marianne Strauss
au nom de Madeleine Séverin, 1943

Je dois préciser qu'au moment de passer la frontière, maman a fait une violente chute. Elle s'est profondément blessée au niveau du coude et a dû être hospitalisée à Lausanne. J'ai eu le droit de la voir dans cet hôpital un court instant seulement, et cela après un an de séparation. Je pense – mais n'en suis pas certaine – que j'ai dû être informée de l'arrivée de maman en Suisse par le pasteur Freudenberg.

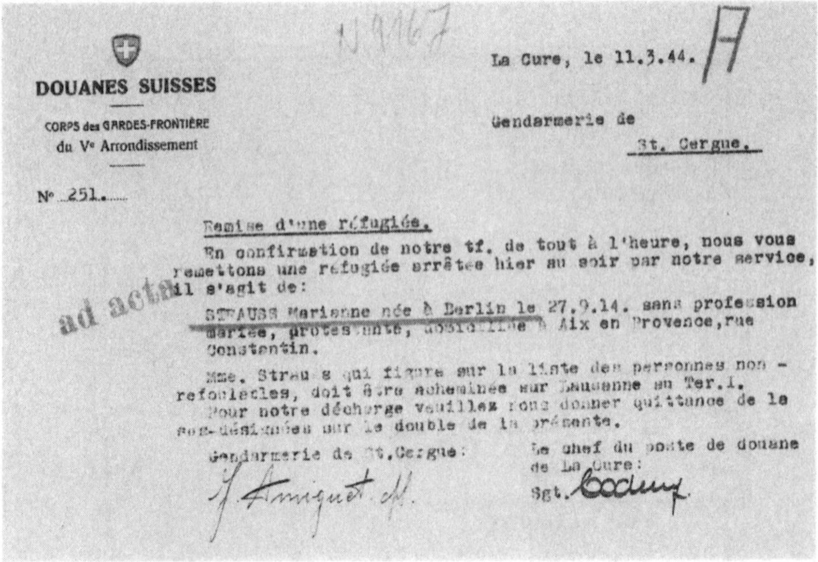

DOUANES SUISSES

CORPS des GARDES-FRONTIÈRE
du Ve Arrondissement

No 251.

La Cure, le 11.3.44.

Gendarmerie de
St. Cergue.

Remise d'une réfugiée.

En confirmation de notre tf. de tout à l'heure, nous vous remettons une réfugiée arrêtée hier au soir par notre service, il s'agit de:

STRAUSS Marianne née à Berlin le 27.9.14. sans profession mariée, protestante, domiciliée à Aix en Provence, rue Constantin.

Mme. Strauss qui figure sur la liste des personnes non-refoulables, doit être acheminée sur Lausanne au Ter. I.

Pour notre décharge veuillez nous donner quittance de la sus-désignée sur le double de la présente.

Gendarmerie de St. Cergue:

Le chef du poste de douane de La Cure:
Sgt.

Acte de transfert de Marianne Strauss à Lausanne par les douanes suisses au lendemain de son arrivée sur le territoire, 11 mars 1944

Quand j'ai pénétré dans la grande salle commune de l'hôpital, il y avait beaucoup de malades. Je n'ai pas vu ma mère tout de suite. Les femmes qui occupaient les lits, riaient et je pensais qu'elles se moquaient de moi. Puis, je me suis rendu compte que toutes ces malades avaient des écouteurs sur les oreilles et qu'elles écoutaient la radio (sans doute la même histoire drôle.) La vision de ce dortoir, rempli de femmes que je trouvais hideuses avec leur bouche grande ouverte, m'a donné l'impression d'évoluer au sein d'un film d'horreur.

Maman ne m'a pas reconnue immédiatement car je ne ressemblais plus à la petite fille qu'elle avait quittée sur le cours Mirabeau. J'avais deux nattes, un petit chapeau, une robe bien sage, un petit sac à main. Son hésitation fut brève. Que de larmes au moment de nous retrouver ! Un an de séparation c'est si long ! Et tant de choses avaient changé…

Je cours dans ses bras. Si heureuse de la sentir auprès de moi, je ferme les paupières. (Je n'ai jamais pu oublier cet instant.) Je respire son odeur. Or, au parfum familier de ma mère se mêlent des vapeurs d'antiseptiques et de métal. En la serrant dans mes bras, j'effleure le pansement qui recouvre la blessure qu'elle s'est faite en franchissant la frontière. Non, cette odeur n'est pas le parfum de ma mère : exhalaison d'hôpital, de médicaments, de désinfectant, de Javel. Tout est si propre que c'en est effrayant. Je me rends compte que les soins corporels n'ont pas dû être correctement dispensés à maman, en dépit de tout cet arsenal : fragrance fade, sucrée, compassée. Haut-le-cœur. Quand je ferme les yeux, je ne la reconnais pas. Alors je me force à la regarder pour être davantage avec elle. J'ai peur. Je suis intimidée. Mais à peine dans ses bras, on nous ordonne de nous séparer. Pourquoi ce régime si sévère et sans compassion de la part des surveillantes de ce service hospitalier ? Maman et moi sommes terriblement tristes, car nous ne savons pas quand nous pourrons nous retrouver…

Après cette brève entrevue, je suis repartie à Berne avec Mutti. De son côté, et cela dès son arrivée en Suisse, maman a demandé l'autorisation de nous rencontrer régulièrement. Mais ce bonheur lui serait refusé tant qu'elle n'aurait pas rempli les conditions administratives auxquelles étaient soumis les immigrés clandestins, surtout les Juifs allemands.

En sortant de l'hôpital, maman a été envoyée dans un camp près de Lausanne, Le Signal, qui avait été un hôtel de luxe et qui allait le redevenir après la guerre.

Dans ce camp, il fallait travailler et assurer l'entretien de ce grand hôtel. Si une personne refusait la besogne, elle était dans l'obligation de verser une somme importante et quotidienne pour subvenir à ses besoins. Mais comme en général les fugitifs qui se retrouvaient là n'avaient pas un sou, chacun travaillait. Tous vivaient dans des conditions très pénibles[35].

Le Dr Rothmund, chef de la division de la police des étrangers du département fédéral de Justice et Police de Berne, avait d'ailleurs précisé : *"Cela ne fait pas de mal que tous les réfugiés soient soumis à la discipline des camps. Ainsi ils sauront, d'emblée que nous sommes attachés à l'ordre le plus strict[36]."*

Plus tard, maman fut transférée dans le camp de Moudon, près de Lausanne, un camp de réfugiés pour femmes, enfants et bébés. Là, chaque adulte occupait une fonction bien précise, très encadrée. Maman était puéricultrice pour les enfants handicapés. Je ne sais pas combien de temps elle est restée là-bas, mais je sais qu'elle n'y était pas heureuse. Les conditions de vie y étaient très difficiles, sans égards ni respect pour ces personnes en grande détresse. Le quotidien était sordide, même entre réfugiés : maman, qui possédait soixante francs suisses, s'en est vu dérober la moitié. Elle devait avoir un peu d'argent sur un compte en banque, alors elle a demandé aux services de police de lui en reverser une somme modique. Matériellement, l'existence était d'une grande précarité pour elle et d'une grande tristesse aussi, puisque privée de nous[37].

– 5. AVR. 1944

7b

CONSEIL OECUMÉNIQUE DES ÉGLISES

(EN FORMATION)

COMITÉ OECUMÉNIQUE POUR LES RÉFUGIÉS
Chèques post. : I. 7686

Secrétaire :
Pasteur A. Freudenberg

GENÈVE, 4.4.44.
41, Avenue de Champel
Tél. 5.43.33. Télégr. « Oikumene » Genève.

Département Fédéral de Justice et Police,
Division de Police,
Berne.

Polizei…
– 5 APR. 1944
N 9167.

Messieurs,

Madame Marianne Strauss, dont les enfants sont en Suisse depuis plus d'une année, est arrivée il y a 4 semaines. Elle internée actuellement à la Rosiaz s/Lausanne, Camp de Réfugiés du Grand Verger. C'est une femme active âgée de 30 à 33 ans. Elle est très bien préparée pour le service d'infirmière ou de nurse. Elle connaît depuis longtemps le Dr. Richard Baer qui est au home d'internés à Moudon. Il pense qu'elle pourrait lui rendre de précieux services au camp de Moudon.

À une demande de la directrice du camp de la Rosiaz la Zentralleitung a répondu que Madame Strauss pourrait être envoyée à Moudon dès qu'elle serait transférée de l'Autorité Militaire à l'Autorité Civile.

Comme le seul désir de Madame Strauss est de travailler et comme c'est une femme qu'on peut recommander sans réserves, nous vous serions très reconnaissants si vous vouliez voir son dossier et le remettre dès que possible à la Zentralleitung.

En vous remerciant d'avance, nous vous prions de croire, Messieurs, à l'assurance de notre considération distinguée.

A. Freudenberg
A. Freudenberg.

=5. April 1944

Demande de transfert de Marianne Strauss par le Conseil œcuménique des Églises au camp de Moudon, 4 avril 1944

13

L'OISEAU VOYAGEUR

Maman faisait tout ce qu'elle pouvait pour subvenir à nos besoins et écrivit au pasteur Freudenberg pour lui demander comment procéder afin de faire venir ses deux enfants auprès d'elle.

Grâce aux talents épistolaires de maman, j'ai été autorisée à aller la voir pour passer quelques jours à ses côtés au camp de Moudon. Nous étions tous rassemblés dans de grands dortoirs. Je dormais dans le même lit que maman. Ce furent alors de grands moments de bonheur. Dans la journée, elle ne pouvait pas rester avec moi car il fallait qu'elle travaille. Alors je passais sans doute mon temps avec les autres enfants, mais je ne m'en souviens pas.

L'attitude de la Suisse vis-à-vis des émigrés, surtout à partir d'août 1942 où l'immigration fut interdite à tous ceux qui fuyaient le nazisme, était des plus ambiguës. Voici les mots pour le moins édifiants du Dr Rothmund :

> Les réfugiés constituent une lourde charge pour le pays. Le problème qu'ils nous posent aujourd'hui doit être considéré sous l'angle d'une longue durée, parce qu'il

> affecte la situation de notre population étrangère en général. Le bien du pays exige en effet qu'à la longue, le nombre des étrangers établis chez nous diminue. C'est le but que se proposent les autorités compétentes depuis de nombreuses années déjà. Ce but ne pouvant être atteint qu'à longue échéance, les dispositions en la matière doivent être prises en tenant compte d'un avenir lointain.
>
> Jusqu'ici, les efforts des autorités avaient porté leurs fruits. Le nombre des étrangers établis avait diminué. Les circonstances avaient d'ailleurs été favorables à ces efforts. Aujourd'hui, en revanche, l'afflux des réfugiés compromet l'essentiel de cette œuvre. j'estime que le danger principal de ce renversement réside dans le problème juif. Ce danger n'est pas à considérer du point de vue de l'antisémitisme, doctrine qui est étrangère à nos institutions comme à nos mœurs, mais du point de vue de l'israélisation du pays, de l'augmentation disproportionnée d'une seule catégorie d'étrangers. La question se complique du fait que le Juif est difficilement assimilable[38].

Puis, maman a été placée en 1944 à Genève dans une famille américaine comme employée de maison. Elle travaillait chez M. et Mme McClelland. Le couple avait des enfants adorables.

Cette famille a accueilli maman avec beaucoup de gentillesse et d'humanité, comprenant immédiatement qui elle était. Ils ont également accepté que nous venions la voir, Michel ou moi, chacun à son tour, et que nous restions chez eux quelques jours. Nous nous y sommes donc rendus plusieurs fois. Dans cette nouvelle maison, j'étais heureuse…

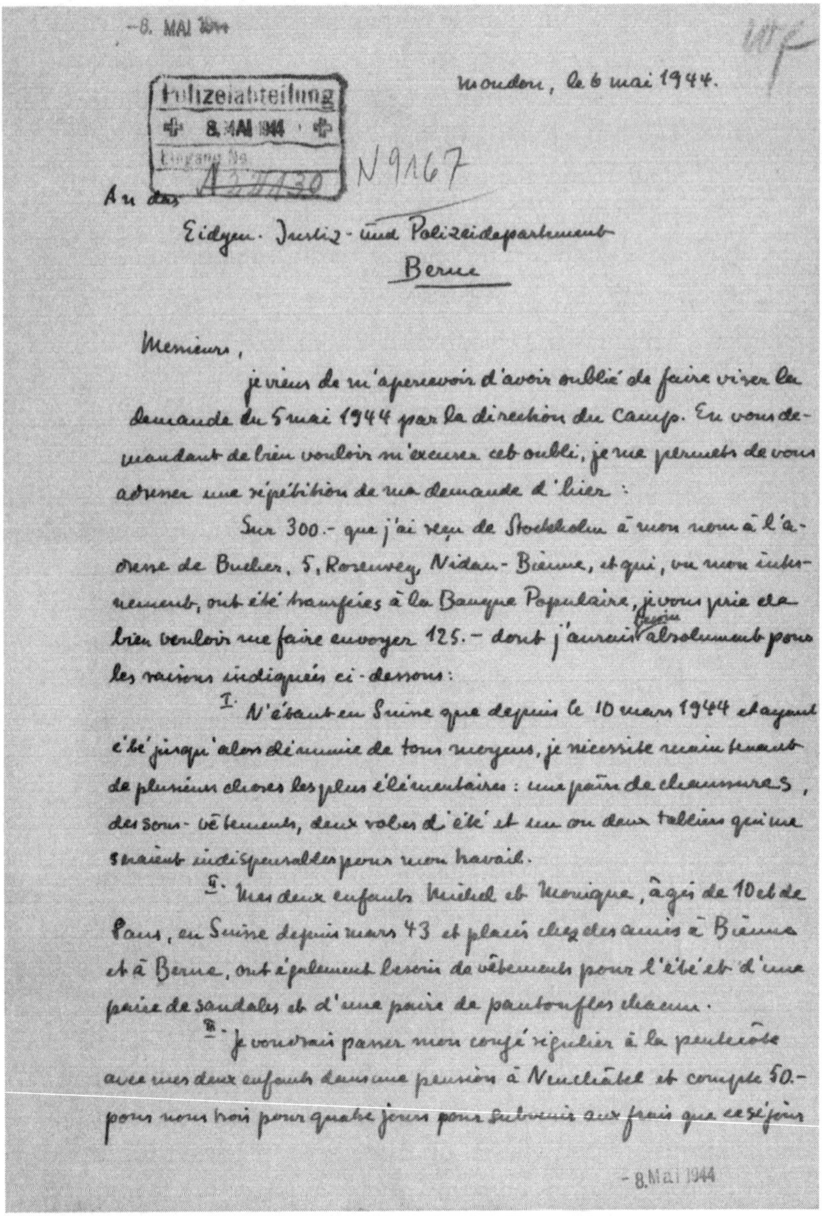

– 8. MAI 1944

Polizeiabteilung
8. MAI 1944
Eingang No. ~~A 22130~~

N 9167

Moudon, le 6 mai 1944.

An das
Eidgen. Justiz- und Polizeidepartement
Berne

Messieurs,

je viens de m'apercevoir d'avoir oublié de faire viser la demande du 5 mai 1944 par la direction du camp. En vous demandant de bien vouloir m'excuser cet oubli, je me permets de vous adresser une répétition de ma demande d'hier :

Sur 300.- que j'ai reçu de Stockholm à mon nom à l'adresse de Bucher, 5, Rosenweg, Nidau-Bienne, et qui, vu mon internement, ont été transférés à la Banque Populaire, je vous prie de bien vouloir me faire envoyer 125.- dont j'aurais besoin absolument pour les raisons indiquées ci-dessous :

I. N'étant en Suisse que depuis le 10 mars 1944 et ayant été jusqu'alors démunie de tous moyens, je nécessite maintenant de plusieurs choses les plus élémentaires : une paire de chaussures, des sous-vêtements, deux robes d'été et un ou deux tabliers qui me seraient indispensables pour mon travail.

II. Mes deux enfants Michel et Monique, âgés de 10 et de Paris, en Suisse depuis mars 43 et placés chez des amis à Bienne et à Berne, ont également besoin de vêtements pour l'été et d'une paire de sandales et d'une paire de pantoufles chacun.

III. Je voudrais passer mon congé régulier à la pentecôte avec mes deux enfants dans une pension à Neuchâtel et compte 50.- pour nous trois pour quatre jours pour subvenir aux frais que ce séjour

– 8. Mai 1944

Lettre de Marianne Strauss au département fédéral de Justice et Police de Berne, afin d'acheter des vêtements pour elle et ses enfants et obtenir un congé avec eux, 6 mai 1944

me causera.

En vous priant de bien vouloir me faire parvenir cette somme aussi vite que cela vous est possible et en vous adressant mes remerciements anticipés, veuillez agréer, Messieurs, l'expression de mes sentiments distingués

Marianne Strauss
Home d'Internés „Au grand Air"
Moudon (Vaud)

INTERNE[illegible] GRAND AIR"
MO[illegible] (VAUD)

Visiert: Schneebeli
6.Mai 1944. Schneebeli.

Cd. 300.–

M.S.

Marianne Strauss
promenant Barry McClelland,
aîné des enfants McClelland, 1944

Roswell a occupé de nombreux postes importants pendant la guerre pour l'American Friends Service Committee. Ses membres sont des quakers qui ont refusé le service militaire pour des motifs religieux. Ils assurent des soins médicaux et surtout ils ont œuvré pendant la Seconde Guerre mondiale à la protection des victimes du nazisme. Roswell a ainsi aidé de nombreux Juifs persécutés. M. et Mme McClelland ont travaillé en Europe dans les bureaux de l'AFSC à Rome, à Marseille, et finalement à Genève.

Je ne peux ici recenser tout ce que le couple a fait pour aider les victimes de la guerre…

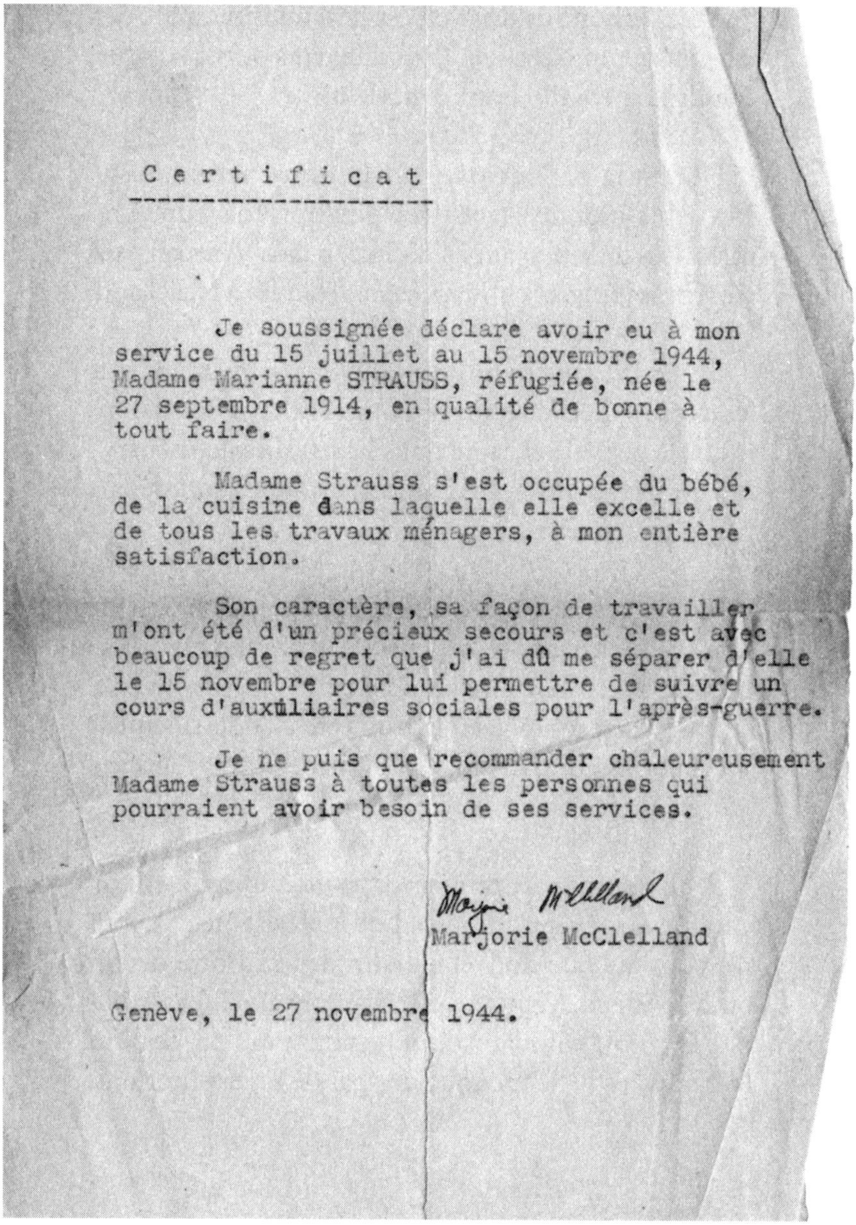

C e r t i f i c a t

Je soussignée déclare avoir eu à mon service du 15 juillet au 15 novembre 1944, Madame Marianne STRAUSS, réfugiée, née le 27 septembre 1914, en qualité de bonne à tout faire.

Madame Strauss s'est occupée du bébé, de la cuisine dans laquelle elle excelle et de tous les travaux ménagers, à mon entière satisfaction.

Son caractère, sa façon de travailler m'ont été d'un précieux secours et c'est avec beaucoup de regret que j'ai dû me séparer d'elle le 15 novembre pour lui permettre de suivre un cours d'auxiliaires sociales pour l'après-guerre.

Je ne puis que recommander chaleureusement Madame Strauss à toutes les personnes qui pourraient avoir besoin de ses services.

Marjorie McClelland

Marjorie McClelland

Genève, le 27 novembre 1944.

Certificat de travail de Marianne Strauss chez les McClelland, novembre 1944

Après le conflit, Roswell est devenu diplomate et a été nommé ambassadeur dans différents pays d'Afrique. Il est mort en 1995 aux États-Unis[39].

Durant la période où maman est restée en Suisse, Michel et moi ne l'avons vue que trois fois : une première lors de son séjour à l'hôpital, puis à Moudon pendant trois jours, et enfin à Genève chez les McClelland.

Je ne garde aucun souvenir du jour où maman nous a annoncé qu'elle repartait pour la France, seule, sans nous. Je pense qu'elle ne nous l'a pas dit elle-même et que nous l'avons appris seulement après son départ par le pasteur Freudenberg.

Elle est repartie après que le Sud de la France a été libéré, en janvier 1945[40]. Elle n'est restée en Suisse que dix mois. Elle a refait le chemin en sens inverse, en traversant à nouveau la frontière clandestinement avec un passeur. Une fois en France, elle est rentrée à Aix en auto-stop.

Pendant tout ce temps, papa était resté à Aix et s'était engagé dans un réseau de la Résistance[41]. Nous n'avions aucune nouvelle de lui depuis notre départ pour la Suisse. Maman nous avait certainement expliqué la raison pour laquelle il ne nous avait pas rejoints là-bas. Mais je ne me souviens pas de ses explications.

Le Chalet
Aix-en-Provence.

Je soussigné, Charrier Maximilien, demeurant à Aix en Provence, Villa "Le Chalet", agent de liaison de l'A.S. du Sudest dirihée par le Colonel SAPIN certifie
que Monsieur Walter Strauss, Sujet allemand, habitant la France depuis 1933 et engagé en 1939 à la Légion Etrangère où il a servi jusqu'à l'armistice s'est depuis constamment dévoué à la cause de la Résistance. Notamment en cachant des personnes recherchées, les fournissant de faux papiers, ou orientant des jeunes gens vers les maquis, faisant toutes sortes de liaisons, souvent dangereuses et difficiles, transportant ou cachant des armes et du matériel de propagande etc. Arrêté par la Gestapo et interrogé toute une nuit en Mai dernier et relaché parce qu'il n'avait pu être reconnu, il est demeuré chez moi jusqu'à la libération et, malgré sa situation, a rendu tous les services dont j'ai eu besoin pendant cette période, fournissant des renseignements sur l'état des effectifs, le moral des troupes allemandes grace à ses relations avec les soldats polonais et faisant des liaisons avec les maquis du voisinage.

En foi de quoi j'ai fourni le présent certificat.

signé: Max Charrier

Vu et certifié exact:

le Colonel Sapin, Commandant les 33B
des A.M.

signé: Sapin

Tampon:
le Commandant du groupement
Alpin-Sud.

Certifié conforme à l'original
Aix, le 15 JUIN 1945
P. le Maire d'Aix-en-Provence
Le Délégué,

Certificat de résistance de Walter Strauss, 15 juin 1944

14

SALLE DES PAS PERDUS

Durant ces longues années où j'ai vécu en Suisse, dans une famille qui avait tout fait pour que je devienne *leur fille*, l'idée de rentrer en France ne cessait de me hanter. Ce retour vint enfin, j'en ai encore un souvenir clair et distinct.

Il est arrivé un jour une lettre de la Croix-Rouge suisse.

Le courrier stipulait que les enfants français réfugiés en Suisse pouvaient rentrer en France s'ils avaient une famille qui les y attendait, ce qui était notre cas. Des convois étaient organisés par la Croix-Rouge. J'aurai dû me réjouir de prendre enfin ce train en sens inverse, mais j'étais envahie par l'angoisse. Nous avions avec Michel vécu tant de choses bizarres et imprévisibles ces dernières années… Je m'attendais à tout et je redoutais surtout de subir de nouvelles séparations. Quant aux autres enfants, s'ils ne retrouvaient pas leur famille, ils pouvaient être rapatriés par des organismes, soit en Palestine, soit aux États-Unis, soit en Afrique du Sud.

La date était fixée. Michel devait me rejoindre en prenant le train à Bienne. Nous avions nos passeports avec nous. Les références indiquées sur le document mentionnaient nos deux noms. Nous devions partir dans le même convoi, en mai 1945. Une chose me frappe cependant quand je repense à cet épisode : nous étions en possession d'une pièce d'identité, tandis que la majorité des autres enfants ne disposaient que d'un simple papier mentionnant : *sans pièce d'identité*. Mes parents avaient vraiment bien fait les choses.

Ce départ a été un déchirement pour mes parents adoptifs. J'avais 9 ans, ils étaient effondrés que je parte définitivement. Je les revois sur le quai de la gare de Berne : Vati avec des lunettes noires pour cacher ses larmes, Mutti pleurant sans lunettes, et moi à la fenêtre du wagon, triste, pas triste, je ne sais plus... Ils avaient rempli mes poches de nourriture – sans doute de chocolat, de sucre, de café. Je ne me souviens pas de mes bagages... Michel est monté dans le train avec autant de nourriture que moi dans les poches.

Ce fut un long voyage. Un long convoi d'enfants avec des accompagnateurs.

Enfin nous sommes arrivés à Lyon.

Là, nous avons été placés dans une école devenue un centre d'accueil pour les enfants en transit. Je ne sais plus combien de temps nous y sommes restés... Il y avait beaucoup de petits comme nous, mais nous ne connaissions personne. Errants dans ces immenses dortoirs, nous attendions que quelque chose se passe.

Quand nous sommes enfin repartis, nous n'avions plus la moindre nourriture dans les poches. Nous avions échangé tous ces biens précieux contre quelques sous.

Berne, le 25 mai 1945.

Aide aux émigrés
6, Rue du Rhône
G E N E V E

Pp
Conc. VIIIe convoi de
rapatriement.

Ausgang
26. MAI 1945

Messieurs,

Donnant suite à votre lettre du 19 mai 1945, nous vous remettons, ci-joint, les papiers d'identité des enfants réfugiés ci-dessous qui doivent être rapatriés en France le 29 mai 1945 :

N --- ASKENAZY Sonia, 5.4.32, pas dans nos fichiers,
N 4790 BLANKIET Bernard, 3.7.32, pas de papiers d'identité,
N 4790 BLANKIET Henriette, 1.7.33, pas de papiers d'identité,
N 5178 BOK Bernard, 28.6.40, pas de papiers d'identité,
N 22914 BRAFMAN Chaim, 3.9.31, 1 pièce,
N 22914 BRAFMAN Nuchim, 4.1.34, 1 bulletin de naissance,
N 22319 BYBELEZER Jacqueline, 29.5.31, pas de papiers d'identité,
N 22319 BYBELEZER Georges, 25.12.35, 1 déclaration,
N 22319 BYBELEZER Gisèle, 14.4.39, 1 déclaration,
N 22319 BYBELEZER Blanche, 28.7.40, 1 déclaration,
N 22933 CEINIK Jean-Isaac, 19.8.34, 1 bulletin de naissance (copie),
N 22933 CEINIK Nathan, 2.6.36, 1 bulletin de naissance (copie),
N 22525 CERTNER Robert, 18.11.31, pas de papiers d'identité,
N 24798 DONAZZOLO Milène, 15.8.29, pas de papiers d'identité,
N 13273 DUTKIEWICZ Benjamin, 26.5.31, pas de papiers d'identité,
N 13273 DUTKIEWICZ Jonas, 14.12.37, pas de papiers d'identité,
N --- EISENBERG Jacqueline, 1927, pas dans nos fichiers,
N --- EISENBERG Simone, 21.6.36, pas dans nos fichiers,
N 16173 ENGIEL Rachel, 11.1.29, 1 carte d'identité scolaire,
1 bulletin de naissance, 1 extrait,
N --- FEITLOWICZ Charles, 14.5.30, pas dans nos fichiers,
N 12897 FISCHEL Monique, 18.12.36, pas de papiers d'identité,
N 12913 FRIDMANN Claire, 27.10.37, pas de papiers d'identité,
N 22211 GELASSEN Henri, 12.7.30, pas de papiers d'identité,
N 22211 GELASSEN Annie, 6.9.37, pas de papiers d'identité,
N 21605 GERSZON Hélène, 25.9.29, pas de papiers d'identité,
N --- GLASSMANN Maurice, 18.11.28, pas dans nos fichiers,
N 12118 GROSSKOPF Max, 18.4.30, pas de papiers d'identité,
N 12118 GROSSKOPF Denise, 3.6.32, pas de papiers d'identité,
N 12118 GROSSKOPF Sophie, 15.11.40, pas de papiers d'identité,
N 5808 GROSSMANN Pierre, 27.2.30, pas de papiers d'identité,
N 6790 GRYNFOGEL Céline, 1.1.29, pas de papiers d'identité,
N 6790 GRYNFOGEL Renée, 23.2.35, pas de papiers d'identité,
N 16566 GUZOWSKI Moïse, 14.6.25, 1 extrait d'acte de naissance (traduction),
N 5188 HAGEN Ruth, 9.8.28, pas de papiers d'identité,
N 11754 HALBERTHAL Armand, 3.3.31, pas de papiers d'identité,
Nos fichiers indiquent : rapatrié le 21.11.44 par un convoi de la Croix-Rouge suisse. Les papiers d'identité ont été remis à cette institution.

Liste des enfants devant être rapatriés en France le 29 mai 1945 comprenant Monique et Michel Strauss, 25 mai 1945

N 13259 HILDEBRAND Renée, 1.7.31, 1 certificat de naissance, 1 diplôme,
N 12868 KAATZ Suzette, 10.10.35, pas de papiers d'identité,
N 9737 KARNIOL Amalie, 27.6.28, 2 certificats de déclaration de naissance,
N 9737 KARNIOL Miriam, 13.12.34, pas de papiers d'identité,
N 7236 KLUGMANN Raymond, 16.6.37, 1 bulletin de naissance,
N 22187 KRAJEWICZ David, 21.4.31, pas de papiers d'identité,
N 22187 KRAJEWICZ Anna, 28.12.32, pas de papiers d'identité,
N 7533 MÜNZ Adolphe, 24.10.26, 1 carte d'identité, 1 carte d'identité scolaire, 1 carte d'éclaireur,
N 8001 NEIGER Léa, 22.9.22, 1 carte d'identité,
N 8001 NEIGER Marcel, 16.9.27, pas de papiers d'identité,
N 8001 NEIGER Charles, 22.2.33, pas de papiers d'identité,
N 7770 CUPTCHER Charlotte, 17.2.40, pas de papiers d'identité,
N 12800 PAPO Micheline, 6.6.36, pas de papiers d'identité,
N 22601 PODEMSKI Gilbert, 10.7.28, 2 cartes d'identité, 5 pièces,
N 3907 PEREL Jacques, 15.8.28, pas de papiers d'identité,
N 22813 RANDERATH Clara, 12.6.27, pas de papiers d'identité. Etait prévue pour le convoi No.4. (ZL 19826),
N 5862 RAPOPORT Szapsia, 31.3.35, 1 bulletin de naissance,
N 24835 RAYOT Jacques, 26.1.32, pas de papiers d'identité,
N 15679 ROZENBLUM Armand, 18.9.30, pas de papiers d'identité,
N 15679 ROZENBLUM Charles, 27.6.33, pas de papiers d'identité,
N 21212 SCHACHTER Joseph, 22.4.29, Etait prévu pour le convoi No 6. Les papiers d'identité vous ont été envoyés le 19 mars 1945,
N 21212 SCHACHTER Isaac, 9 6.30. Etait prévu pour le convoi No 6. Les papiers d'identité vous ont été envoyés le 19 mars 1945,
N 8324 SCHILOWITZ Sonja, 31.1.29, pas de papiers d'identité,
N 8324 SCHILOWITZ Guy, 5.9.33, pas de papiers d'identité,
N 15488 SCHEIMANN Suzanne, 18.4.36. 1 extrait d'acte de naissance,
N 9167 STRAUSS Michel-Pierre, 18.7.34. Etait prévu pour le convoi No. 7. Les papiers d'identité vous ont été envoyés le 20 avril 1945,
N 9167 STRAUSS Monique, 3.5.36. Etait prévuepour le convoi No 7. Les papiers d'identité vous ont été envoyés le 20.4.1945,
N 13715 SZTAJN Lisette, 2.3.31, pas de papiers d'identité,
N 12434 SZTERENBARG Boris, 29.6.29, pas de papiers d'identité,
N 22211 TASMA Rosette, 28.11.33, pas de papiers d'identité,
N 15485 TYSZ Bernard, 12.8.32, pas de papiers d'identité. Etait prévu pour le convoi No. 7.
N 23107 VINCENT Alexis, 9.2.34, pas de papiers d'identité,
N 23107 VINCENT Raymonde, 24.9.35, pas de papiers d'identité,
N 12432 VIOT Berthe, 4.7.29, pas de papiers d'identité,
N 15490 WANIER Henri 22.6.29, 2 cartes d'identité scolaires, 1 pièce,
N 4781 WASSNER Joseph, 8.11.26, pas de papiers d'identité, (ZL 4044),
N 12627 WEISSBROT (Waystrot), Hélène, 5.3.30, pas de papiers d'identité,
N -- WIDGOROWICZ Serge, 21.7.36, pas dans nos fichiers,
N 12090 WOLFF Gustave, 2.10.27, 1 permis de séjour,
N 16603 ZYLBERSTEIN Bernard, 22.11.39, 1 certificat d'hébergement,
N 16603 ZYLBERSTEIN Maurice, 15.3.41, pas de papiers d'identité,
N -- de SCRIABINE Alla 13.1.19, pas dans nos fichiers.

Michel trouvait que c'était beaucoup mieux de posséder des pièces que du chocolat et en plus des pièces françaises !

Finalement, nous sommes montés dans un convoi pour Marseille. Immédiatement débarqués dans la cité phocéenne, nous avons été mis dans un train pour Aix, dernière étape de ce long retour. Nous étions encore seuls, mais bientôt nos parents allaient nous retrouver à la sortie du train.

Gare d'Aix.

Personne.

Ni maman.

Ni papa.

La gare était déserte

Il y avait pour seule compagnie un homme en train de travailler dans un wagon de marchandises. Michel est monté sur le toit de ce wagon, peut-être pour aider ce monsieur, ou pour s'occuper et faire passer le temps.

Nous avons attendu. Longtemps.

Nous avons attendu, attendu et soudain j'ai vu arriver ma mère.

Je ne l'avais plus vue depuis de nombreux mois. Je me souviens être allée vers elle sans précipitation, tranquillement. Michel, quant à lui, a terminé ce qu'il était en train de faire sur le toit du train. Puis il est descendu du wagon. Le tout dans le plus grand calme, comme si nous venions de la quitter, comme si le temps s'était dilaté. Aucune joie sur nos visages ne transparaissait.

Aujourd'hui, je me demande pourquoi je me suis interdit toute émotion ? Punissais-je ma mère de nous avoir *abandonnés*, en nous faisant attendre dans cette gare vide après tant d'années de manque ? Ou redoutais-je qu'advienne à nouveau le pire ?

Je pense que nous avions été très déçus – voire vexés – que personne ne nous attende à la gare. Depuis que nous menions cette *drôle de vie*, nous étions habitués à nous débrouiller seuls : il fallait faire face – quitte à jouer la comédie – même si je crois que, ce jour-là, nous étions certains que nous allions voir arriver nos parents. Or maman est arrivée seule. Nous n'étions pas encore au complet.

15

UN DRÔLE DE VOYAGE

Notre vie à Aix a ainsi recommencé. Nous habitions dans une grande propriété, l'Harmas, en compagnie de nombreuses autres familles.
Maman travaillait comme interprète dans une base américaine au Tholonet.

À Aix, il n'y avait plus rien, plus de biens, plus d'argent. Nous étions sans logement. Alors, mes parents furent hébergés par un de leurs amis. Cette nouvelle maison ne comptait qu'une seule chambre, ce qui ne leur permit pas de nous garder auprès d'eux.

Une fois de plus nous étions séparés.

Papa était reparti à Paris pour tenter de récupérer l'appartement de la rue Raynouard. Mais cela ne fut possible qu'après plusieurs années, le temps qu'un service d'indemnisation se mette en place et que les nombreuses démarches entreprises par mon père lui permettent de remettre la main sur notre logement parisien. Car Otto Abetz nous avait spoliés de tous nos biens, comme il le fit à l'endroit de tant d'autres familles juives durant la guerre. Ce monstre fut ambassadeur d'Allemagne en France sous le IIIe Reich. Il abusa à de nombreuses reprises de son pouvoir indu. Proche de Pierre Laval, il organisa la spoliation des fortunes juives dans la zone nord tout en travaillant, à la demande expresse de Hitler, à la mise en place de la collaboration d'État et à la division de la France pour la maintenir dans sa situation de faiblesse[42].

Ami de mes parents et témoin à leur mariage, rien ne laissait donc présager qu'il volerait tous nos biens, ni qu'il dériverait politiquement de la sorte. Or Abetz, sans aucun scrupule, a délibérément trompé ses proches pour profiter au maximum du contexte. Son ambition démesurée et son cynisme lui ont permis d'accéder à tout ce qu'il convoitait car il était adoubé par Hitler en personne.

À la fin de la guerre se sont tenus les procès des différents collaborateurs nazis. Otto Abetz fut l'un d'entre eux. En dépit de l'abjection de son mari, la femme d'Abetz est venue frapper à notre porte. Ma mère lui a ouvert. En grande tragédienne, madame Abetz l'a suppliée de venir témoigner au procès afin de chanter les louanges de son époux, lui rappelant que par le passé ils avaient été amis. Le culot de l'escornifleuse dépassait les bornes et maman n'a pu que lui répondre qu'elle ne la connaissait pas, avant de lui claquer la porte au nez. J'imagine bien les sentiments mêlés de colère et d'impuissance qu'a dû ressentir ma mère ce jour-là.

Au terme du procès, Abetz a été jugé pour crime contre l'humanité. Il eut de la chance et n'écopa que de 20 ans de prison. S'il s'en est bien tiré à la différence de tant d'autres, il a trouvé la mort dans un accident de voiture. Mais à dire vrai, je reste intimement persuadée qu'il ne s'agissait pas d'un simple accident...

Après la guerre, Michel et moi avons été placés en pension à Maisons-Laffitte. (Ce séjour reste un très mauvais souvenir.) Par la suite, nous sommes allés en pension au

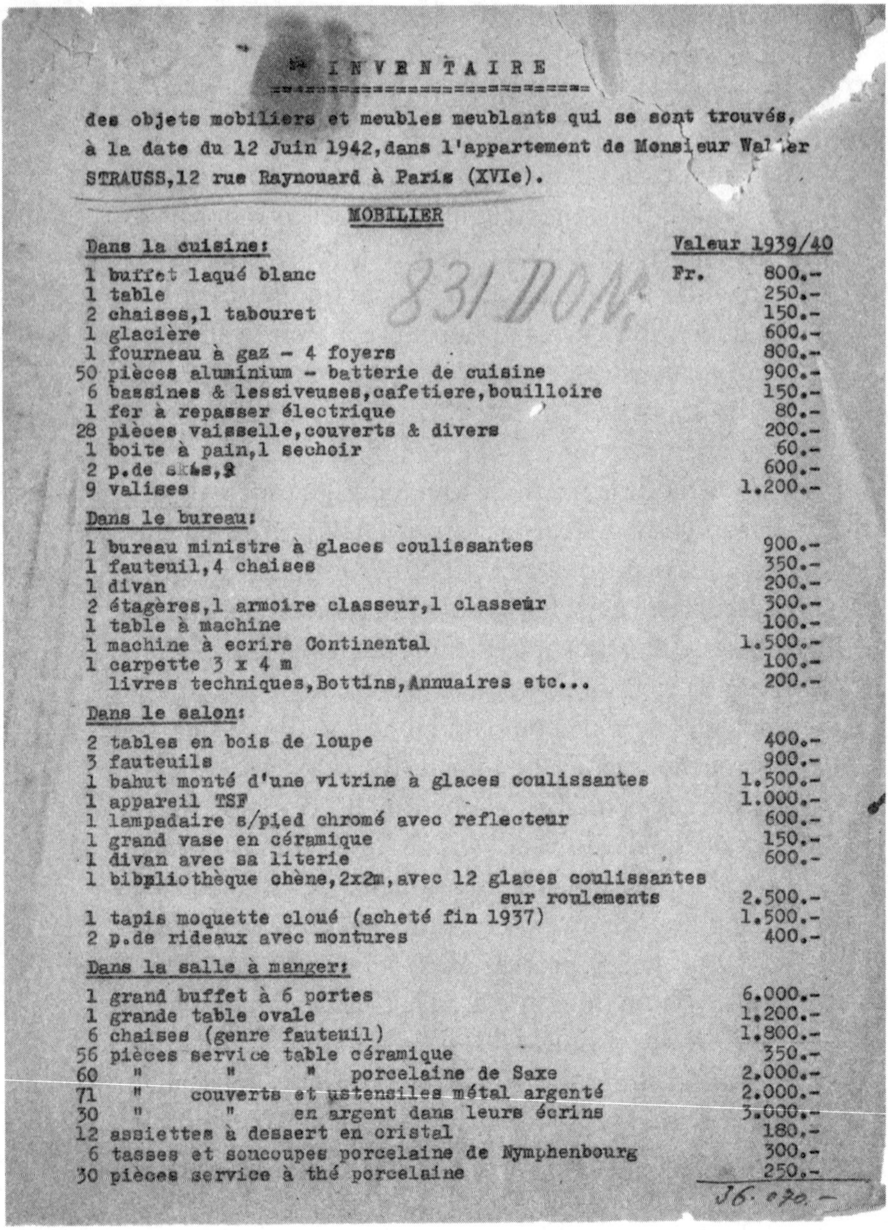
I N V E N T A I R E

des objets mobiliers et meubles meublants qui se sont trouvés, à la date du 12 Juin 1942, dans l'appartement de Monsieur Walter STRAUSS, 12 rue Raynouard à Paris (XVIe).

MOBILIER

831 DON

Dans la cuisine:	Valeur 1939/40
1 buffet laqué blanc	Fr. 800.-
1 table	250.-
2 chaises, 1 tabouret	150.-
1 glacière	600.-
1 fourneau à gaz - 4 foyers	800.-
50 pièces aluminium - batterie de cuisine	900.-
6 bassines & lessiveuses, cafetiere, bouilloire	150.-
1 fer à repasser électrique	80.-
28 pièces vaisselle, couverts & divers	200.-
1 boite à pain, 1 sechoir	60.-
2 p.de skis, 2	600.-
9 valises	1.200.-
Dans le bureau:	
1 bureau ministre à glaces coulissantes	900.-
1 fauteuil, 4 chaises	350.-
1 divan	200.-
2 étagères, 1 armoire classeur, 1 classeur	300.-
1 table à machine	100.-
1 machine à ecrire Continental	1.500.-
1 carpette 3 x 4 m	100.-
livres techniques, Bottins, Annuaires etc...	200.-
Dans le salon:	
2 tables en bois de loupe	400.-
3 fauteuils	900.-
1 bahut monté d'une vitrine à glaces coulissantes	1.500.-
1 appareil TSF	1.000.-
1 lampadaire s/pied chromé avec reflecteur	600.-
1 grand vase en céramique	150.-
1 divan avec sa literie	600.-
1 bibliothèque chène, 2x2m, avec 12 glaces coulissantes sur roulements	2.500.-
1 tapis moquette cloué (acheté fin 1937)	1.500.-
2 p.de rideaux avec montures	400.-
Dans la salle à manger:	
1 grand buffet à 6 portes	6.000.-
1 grande table ovale	1.200.-
6 chaises (genre fauteuil)	1.800.-
56 pièces service table céramique	350.-
60 " " " porcelaine de Saxe	2.000.-
71 " couverts et ustensiles métal argenté	2.000.-
30 " " en argent dans leurs écrins	3.000.-
12 assiettes à dessert en cristal	180.-
6 tasses et soucoupes porcelaine de Nymphenbourg	300.-
30 pièces service à thé porcelaine	250.-
	36.070.–

Inventaire des biens spoliés aux Strauss à Paris pendant l'Occupation

Suite de l'Inventaire du mobilier STRAUSS page 2

Dans la salle à manger	valeur 1939/40- report: 36.070
90 verres en cristal pour la plupart	900.-
3 plats métal argenté	150.-
1 fruitière en verre	100.-
1 tapis moquette cloué (acheté fin 1937)	1.000.-
1 lustre	100.-
1 p.de rideaux avec monture	100.-
Dans la chambre:	
1 grande armoire à 4 portes (accajou)	3.000.-
1 lit (accajou) avec literie	2.200.-
1 table de nuit (accajou)	300.-
1 bahut surmonté d'une glace ronde	800.-
1 fauteuil	200.-
1 double rideau	200.-
1 lustre	100.-
1 lampe de chevet	50.-
Dans la salle de bain:	
2 grandes glaces murales	200.-
1 chaise,1 tabouret,1 armoire pharmacie	100.-
Dans le couloir-galerie	
1 bibliothèque chène 2x2m,av.12 glaces coul.s/roulements	2.500.-
1 commode,1 armoire,1 tabouret,1porte-parapluie	400.-
1 table roulante	100.-
1 aspirateur électrique (acheté 1938)	1.000.-
3 lustres et 6 apliques	600.-
1 tapis moquette cloué (acheté fin 1937)	800.-
chaussures (env.12 p.) dans l'armoire	600.-
Dans la lingerie:	
1 lit - sommier métallique	150.-
1 armoire,1 table,3 chaises,1 tabouret	500.-
1 carpette,1 tapis de table	100.-
1 lustre	50.-
Dans la chambre des enfants:	
2 lits d'enfants (1 métallique,1 en bois)	250.-
1 table,2 tabourets,1 commode	300.-
1 machine à coudre BERKA	1.500.-
1 double rideau	150.-
Dans les placards:	
1 machine à ecrire portative (presque neuve)	2.500.-
vêtements,linge de corps & de maison,draps etc.. env.10 complets homme,3 paletots,5 tailleurs,15 robes	10.000.-
	67.070

Suite de l'Inventaire du mobilier STRAUSS page 3

Valeur 1939/40

report.......... 67.070.-

Objèts d'Art - Tableaux

1	peinture env.1200x1500,Marine de VLAMINKH première manière	50.000.-
1	pastel,école moderne	1.500.-
1	peinture "femme tenant une urne" école flamande, signé HENRY MET de BLES,XVIe siècle	4.000.-
1	peinture repr.la "Cène",école Ital.XVIe siècle	1.000.-
3	tableaux,école moderne	1.800.-
130	estampes japonaises anciennes & modernes	5.000.-
150	lithos de DAUMIER sur papier journal	1.500.-
35	" " " meilleure éxécution	1.000.-
6	" " " surdécorés & encadrés	1.000.-
1	carton repr.peintures modernes en facsimile	1.000.-
1	carton 10 dessins originaux de GUDIN	2.000.-
1	carton reproductions & photos d'art	500.-
1	carton dessins & gravures originaux artistes allem.	2.000.-
1	statue polychromé (env.1m)Ste.Barbe,XVIe siècle	3.000.-
3	statues nègres	600.-
3	vases porcelaine,DELFT ancienne	750.-

L I V R E S

1000	volumes env.auteurs allemand dont env.300 éditions originales,de luxe ou dédicacés par l'auteur.La plupart relié cuir ou toile.Editions compl.classiques et romantiques.400 volumes livres d'art av.reproductions ou gravures originales,dont une partie éditions de grand luxe avec gravures signées par l'artiste	30.000.- [illegible].-
500	volumes env.auteurs francais.Env.100 volumes éditions de luxe.Editions complètes des classiques.Oeuvres complets de Flaubert,Balzac,Stendhal,Zola (50 vol.) Proust,Gide etc..	20.000.-
120	volumes env.traductions de l'anglais,italien, russe,espagnol etc..	1.200.-
12	volumes cartonnés "le Charivari" avec les lithos orig.de DAUMIER	1.200.-
22	livraison de la publication "PAN" avec des gravures orig.de Toulouse-Lautrec,Rodin,Pissaro,Corinth, Zorn,Slevogt etc...	2.000.-
1	carton édition de luxe "OVIDE- l'ART d'AIMER" avec lithos orig.de Maillol,signé par l'artiste	2.000.-

total............ 100.110.-

Certifié conforme,pour la partie descriptive,à l'inventaire dressé le 17 Nov.1939 par l'administrateur-séquestre soussigné:

J. DORSO
INSPECTEUR
DE L'ENREGISTREMENT
PARIS

Certifié sincere & exact par le propriétaire soussigné

Chambon-sur-Lignon, lieu connu pour son action pendant toute la guerre dans l'accueil des enfants juifs[43]. (De cet endroit, en revanche, je garde de bons souvenirs.)

Entre-temps, l'appartement de la rue Raynouard avait été récupéré, mais mes parents s'étaient séparés…

J'ai continué à voir Vati et Mutti à toutes les vacances durant ma jeunesse. Puis, à l'âge adulte, j'ai espacé les visites. Vati est mort de nombreuses années avant Mutti. À partir de ce moment, je suis allée la voir chaque année. Je pense que leur amour m'a permis de surmonter cette période si douloureuse.

Je ne souhaite à aucun enfant de connaître ce que nous avons vécu mon frère et moi. Et pourtant, je pense que ces circonstances tragiques ont contribué à construire celle que je suis devenue et que ces épisodes, tout ce chaos furent un extraordinaire apprentissage de la vie.

J'aurais aimé écrire ces quelques lignes avec Michel, ce frère que j'ai perdu trop tôt et qui continue à m'accompagner malgré son absence…

J'ai également entrepris cette rédaction en pensant, bien sûr et avant tout, à mes parents, afin de leur témoigner toute mon admiration pour leur courage, ainsi que tout mon respect et tout mon amour.

Là se termine ma petite histoire. La suite est pleine de surprises et d'événements merveilleux, tels que la construction de ma famille et mon métier de pédiatre. Il y eut aussi des épisodes douloureux comme la mort de mon père et celle de mon frère, survenues beaucoup trop tôt.

Je pourrais raconter tant de souvenirs. Mais mon long voyage se termine avec ces mots. Un formidable voyage…

Juste avant de mourir maman m'a dit :
— Je vais faire un drôle de voyage.
Quand elle était dans la vraie vie, elle m'aurait dit :
— Je vais faire un voyage drôle.
Tout est dans les nuances…

ÉPILOGUE

Le soir du 16 avril 2023, comme pour mettre un point final à l'élaboration de ce petit livre, s'est tenue une commémoration. Elle s'est déroulée dans l'ancienne gare de déportation de Bobigny, lieu de souvenirs ô combien ! dramatiques. Lieu où retentissaient encore les cris, les pleurs, les hurlements de tous les drames passés.

Ce fut l'occasion d'une lecture par les étudiants du programme Baudelaire de certains passages de mon texte, mais également celle d'exposer leurs peintures, leurs dessins et des documents évoquant ce récit.

Ce jour-là, j'ai compris que le travail que nous avions réalisé ensemble, que le dialogue entre les générations et les communautés mené tout au long de l'année, avait atteint son but, à savoir *transmettre.*

Je crois que ce texte relatant une histoire personnelle (sans commune mesure avec la gravité, l'horreur, l'inadmissible et l'indicible) leur a donné le désir de connaître le passé à travers des récits, des documents et des films.

Au terme du parcours, puissent ces jeunes gens dire "plus jamais ça". Car eux-mêmes vont transmettre à leur tour et seront, je l'espère, le premier maillon d'une longue chaîne d'échanges et de mémoire commune.

NOTES

1. Walter Strauss, membre du parti social-démocrate allemand est, dans le prolongement de son engagement, l'un des fondateurs en 1930 du "cercle Sohlberg" en compagnie d'Otto Abetz, son ami d'enfance, dont les parents ont financé les études, Friedrich Bentmann et Adolf Grolmann. Destiné à rassembler une centaine de jeunes français et allemands pour un cycle de conférences de sociologie qui vise à réconcilier les deux pays et à dénoncer le traité de Versailles, ce cercle, qui se retrouve dans les idées briandistes, accueille dans ses rangs le célèbre Otto Abetz. Abetz deviendra plus tard ambassadeur du IIIe Reich à Paris à partir d'août 1940 et sera l'un des grands artisans de la spoliation des biens des Juifs en zone occupée. Ce cercle comptera aussi la présence de collaborationnistes notoires tels que Guy Crouzet ou Jean Luchaire, fondateur du journal, *Les Nouveaux Temps*, dont la secrétaire épousera Abetz. Il est également intéressant de relever parmi ces jeunes hommes la présence de futurs résistants, comme André Weil-Curiel. Quoi qu'il en soit, les rencontres du Sohlberg permirent à des hommes en construction de forger un réseau de relations et d'amitiés parfois durables, souvent utiles. Barbara Lambauer, *Otto Abetz et les Français ou l'Envers de la collaboration*, Paris, Fayard, 2001, p. 24-32.
2. La randonnée en Allemagne au début du XXe siècle est une pratique qui puise ses racines dans l'imaginaire romantique de la

forêt et qui joue un rôle central dans la création d'un sentiment d'identité nationale. De nombreux Allemands adhèrent à des associations qui existent à des fins sociales, touristiques ou de jeunesse. Ces organisations permettent une réflexion politique et environnementale. Aussi, il n'est pas surprenant de trouver référence à cette pratique en parallèle des engagements politiques du jeune Walter Strauss au SPD, parti social-démocrate allemand. De plus, il est intéressant de relever que son ami d'enfance et futur ambassadeur du IIIe Reich à Paris, Otto Abetz, a lui-même été membre du Wandervogel (l'oiseau migrateur), qui, outre la randonnée, prône l'auto-éducation, la pratique de danses et chants folkloriques ainsi qu'un certain culte du chef. Claire Milon, "Randonnée et construction de la nature en Allemagne au tournant du XXe siècle", *Encyclopédie d'histoire numérique de l'Europe*, Sorbonne Université, https://ehne.fr/fr/encyclopedie/thématiques/écologies-et-environnements/espace-et-ressources-entre-protection-et-valorisation/randonnée-et-construction-de-la-nature-en-allemagne-au-tournant-du-xxe-siècle (consulté le 3 juin 2024). Barbara Lambauer, *Otto Abetz et les Français*, *op. cit.*, p. 22.

3. Walter Strauss a, en effet, connu des personnalités politiques de premier ordre au SPD. À titre d'exemple, Ludwig Marum était impliqué au SPD depuis 1904 et a été membre du Landtag à partir de 1914, puis ministre de la Justice de Baden et à partir de 1928 membre du Reichstag de Karlsruhe à Berlin. En tant que social-démocrate, farouche opposant aux nazis et en raison de ses origines juives, Marum fut arrêté en 1933 lors d'une manifestation avec six autres sociaux-démocrates et assassiné dans le camp de concentration de Kislau près de Bruchsal dans la nuit du 28 mars 1934. Karlsruhe SPD, "Ludwig-Marum-Preis", *Karlsruhe SPD*, https://www.spd-karlsruhe.de/ludwig-marum-preis/ (consulté le 3 juin 2024).

4. L'Allemagne fut particulièrement touchée par les répercussions de la crise de 1929. En 1932, plus d'un travailleur

sur trois était au chômage en Allemagne. Cette situation, à laquelle s'est ajouté une inflation galopante, a contribué à la victoire du parti nazi aux législatives de 1932 et à l'arrivée au pouvoir d'Adolf Hitler en janvier 1933. Lionel Richard (dir.), *Manuel d'histoire critique*, Paris, Le Monde diplomatique, 2014, p. 50-51.

5. Christopher Isherwood, écrivain britannique qui résidait à cette époque à Berlin, évoque dans *Adieu à Berlin* la même stupeur qui saisit alors l'Allemagne et qui découle de l'immédiate prise en main totalitaire de la société par les nazis. Il décrit dès le 31 janvier 1933, soit le lendemain de la nomination de Hitler chancelier, un Berlin dans lequel les droits fondamentaux sont suspendus, les Juifs et présumés opposants arrêtés par les SA qui ont pouvoir de police et où la société civile est muselée. Christopher Isherwood, *Adieu à Berlin*, Paris, Le Livre de Poche / Biblio, 2004, p. 308-310.

6. Le camp de Dachau est le premier camp de concentration nazi. Il ouvre à la suite de l'incendie du Reichstag en mars 1933 près de Munich afin d'enfermer, dans un premier temps, les militants politiques communistes, les membres du SPD, les syndicalistes et opposants divers. Ensuite, y seront internés les homosexuels, les Tziganes, les Témoins de Jéhovah, les "asociaux" et les criminels récidivistes. Après la Nuit de cristal en novembre 1938, le nombre d'internés juifs dans le camp monte en flèche. United States Holocaust Memorial Museum, "Dachau", *Holocaust Encyclopedia*, United States Holocaust Memorial Museum, Washington, 24 mars 2021, mis à jour le 17 février 2023, https://encyclopedia.ushmm.org/content/fr/article/dachau (consulté le 3 juin 2024).

7. Les mémoires de Hanns Born s'intitulent *Der Mampe* (non publiés, traduits de l'allemand par Monique Strauss). Il y relate avec force détails sa jeunesse dans une Allemagne dans laquelle il assiste à la montée du nazisme, de l'antisémitisme et des persécutions, ainsi que les stratagèmes qu'il

met en place afin de survivre. Né en 1916, son histoire commence dans son enfance et se termine vers la fin de la guerre. Il explique le titre de ses mémoires de la façon suivante : "*[…] à Berlin il y avait, et il y a toujours une très vieille fabrique de liqueurs, dont la liqueur la plus connue, douce-amère s'appelait « MAMPE ». MAMPE. Je ne sais pas qui a inventé ce mot, mais soudain nous nous retrouvions tous entre nous, MAMPE. Chaque métis au premier degré (de mère juive), comprenait ce mot, et c'était comme si nous avions tous reçu le même jour un télégramme. […] Si je pensais qu'il était comme moi métis de grade 1, je lui demandais si on pouvait aller boire quelque chose ensemble chez MAMPE. La réponse était le plus souvent : « Ah ! Vous aussi ! et la gêne disparaissait. »*"

8. Ouvert en juillet 1937, Buchenwald était un camp de concentration non loin de Weimar en Allemagne, destiné à emprisonner les opposants au régime nazi. Les 10 000 juifs que cite Monique Strauss et dont faisait partie son grand-père, ont été arrêtés lors de la Nuit de cristal, le 9 novembre 1938. Les prisonniers comptaient également des Tziganes, des Témoins de Jéhovah, des homosexuels et ceux que le régime considérait comme des "asociaux", souvent des délinquants. C'est à ces derniers que les SS déléguèrent jusqu'en 1942 l'administration interne du camp. Sonia Combe, "À Buchenwald, les antifascistes ont perdu la guerre mémorielle", *Le Monde diplomatique*, 1er avril 2020, https://www.monde-diplomatique.fr/2020/04/COMBE/61583 (consulté le 3 juin 2024).

9. Police politique créée dès 1933 par Göring. Son rôle est d'éliminer toute opposition au régime et de veiller à l'application de la politique de l'État nazi. Ses décisions n'ont pas besoin de la sanction des tribunaux et elle use de méthodes brutales contre toute personne suspecte. United States Holocaust Memorial Museum, "La Gestapo : vue d'ensemble", *Encyclopédie multimédia de la Shoah*, United States Holocaust Memorial Museum, Washington, 6 juillet 2022, https://

encyclopedia.ushmm.org/content/fr/article/gestapo (consulté le 3 juin 2024).

10. Très rapidement des lois antisémites furent adoptées en Allemagne. De 1933 jusqu'au début de la guerre en 1939, les Juifs subirent les effets de plus de 400 décrets et règlements qui restreignaient tous les aspects de leur vie publique et privée, les plus connus étant les lois de Nuremberg de 1935. Celles-ci privent les Juifs de la citoyenneté allemande, leur interdit de se marier ou d'avoir des rapports sexuels avec des personnes de "sang allemand ou assimilé", ou encore les privent d'emplois publics. L'"aryanisation" des biens juifs commence dès 1933 et l'intensification des persécutions débouche à la mise à l'écart totale des Juifs du reste de la population, les obligeant, par exemple, au 1er janvier 1939 pour les hommes et les femmes juives portant un prénom d'origine "non-juive" à y ajouter respectivement "Israël" et "Sara". United States Holocaust Memorial Museum, "La Législation antisémite dans l'Allemagne d'avant-guerre", *Encyclopédie multimédia de la Shoah*, United States Holocaust Memorial Museum, Washington, 24 mars 2021, https://encyclopedia.ushmm.org/content/fr/article/anti-jewish-legislation-in-prewar-germany (consulté le 3 juin 2024).

11. 6 551 Juifs du Bade, de Sarre-Palatinat et de Rhénanie-Palatinat ont été déportés le 22 octobre 1940 au camp de Gurs (alors Basses-Pyrénées). Les plus faibles y ont succombé avant qu'une grande partie des survivants ne soit transférée au camp de Rivesaltes. Ruth Fivaz-Silbermann, *La Fuite en Suisse. Les Juifs à la frontière franco-suisse durant les années de la "Solution finale"*, Paris, Calmann-Levy, 2020, p. 33.

12. En prolongement de l'action des *Einsatzgruppen* dans les territoires de l'Est qui pratiquent la "Shoah par balles", Hitler prend probablement la décision d'exterminer les Juifs d'Europe entre fin septembre et décembre 1941. Les mesures qui conduisent à l'extermination s'accélèrent avec la déportation

des premiers Juifs du Reich dès octobre 1941. À la mi-octobre 1941 est décidé l'aménagement du centre de gazage de Chełmno, puis à la fin de ce mois la construction du centre de Bełżec et l'agrandissement du camp d'Auschwitz-Birkenau. Le 20 janvier 1942, quinze hauts responsables nazis se réunissent à Wannsee pour planifier la "solution finale" qui doit être appliquée à "11 millions de Juifs" selon Heydrich. L'année 1942 marque l'acmé du génocide avec un bilan estimé à plus de 2,7 millions de victimes. Le camp de Sobibór, dans lequel la grand-mère de Monique Strauss a probablement trouvé la mort, a permis aux nazis d'exterminer environ 250 000 Juifs sur une période qui s'étend de mai 1942 à l'été 1943. Le bilan global de la Shoah est estimé entre 5,8 et 6,2 millions de victimes. Georges Bensoussan, *Atlas de la Shoah*, Paris, Autrement, 2021.

13. *Cf.* note 10.

14. Dès octobre 1940 Otto Abetz, ambassadeur du Reich à Paris, fait porter sur les listes d'Allemands et d'Autrichiens juifs présents en zone occupée une déchéance de nationalité collective en collaboration avec les autorités françaises, faisant d'eux des apatrides. Le régime de Vichy prend ensuite le relais, la distinction entre Juifs étrangers et Juifs français étant obtenue par Laval en 1942 quand tous les naturalisés après 1927 perdent la nationalité française. L'idée est pour les autorités pétainistes que la déportation est plus facilement acceptée par l'opinion dans ces conditions, exposant prioritairement les Juifs apatrides et étrangers comme les parents de Monique Strauss, même si dans les faits cette option met en danger tous les Juifs résidants en France. Barbara Lambauer, *Otto Abetz et les Français*, *op. cit.*, p. 204, 550-551.

15. Dès novembre 1939, être réfugié allemand en France présentait le risque d'une rétention en camp d'internement administratif. En effet, avant même la déclaration de guerre à l'Allemagne le 3 septembre 1939, les étrangers résidant

sur le territoire national parurent suspects. Le décret-loi du 12 novembre 1938 prévoyait l'internement des étrangers "dans des centres spécialisés" et "dans l'intérêt de l'ordre et de la sécurité publique". Au nom de ce texte, furent enfermés les "ressortissants des puissances ennemies" résidant en France, c'est-à-dire, les Allemands, les Autrichiens, les Tchèques et les Dantzigois. Les historiens ont répertorié 92 de ces camps en France, pour femmes et hommes séparés. La plupart d'entre eux étaient situés à une centaine de kilomètres de Paris, dans les départements de l'Orne, du Loiret, du Loir-et-Cher et du Cher, les autres surtout dans le Midi. Les hommes y étaient rasés et les femmes séparées de leurs enfants. Les prisonniers y occupaient souvent leurs journées à des travaux inutiles, voire humiliants. Ainsi, le père de Monique Strauss, comme en témoigne l'attestation du lieutenant Daniel du 8 décembre 1939, est passé par le camp de Marolles dans le Loir-et-Cher où il a été le "cuisinier depuis la création du camp". L'armée y voit aussi une aubaine : le placement dans les bataillons de la Légion étrangère est ainsi fréquemment proposé aux internés, la situation militaire exigeant autant d'hommes que possible. C'est ce que fera Walter Strauss à Blois, non loin du camp d'internement de Marolles le 14 février 1940. Claude Laharie, *Petite histoire des camps d'internement français*, Morlaàs, Cairn, 2020, p. 33-34, 131 et 156.

16. Léo Marchutz est un artiste, peintre et lithographe Juif allemand né à Nuremberg en 1903. Passionné par la peinture de Cézanne, il s'installe en 1931 au Châteaunoir, près d'Aix-en-Provence. Il est interné début septembre 1939 au camp des Milles près d'Aix-en-Provence comme le père de Monique Strauss l'a été au camp de Marolles. Le 19 février 1940, il est provisoirement libéré du camp des Milles, ayant, à l'instar du père de Monique Strauss, décidé en décembre 1939 d'intégrer les armées en tant que prestataire, c'est-à-dire travailleur étranger portant l'uniforme de l'armée française. Il est alors

appelé à rejoindre une compagnie du côté du Mans. En raison de la débâcle et de la désorganisation de l'armée française, il est démobilisé et retourne à Aix. Il échappe de justesse aux déportations de l'été 1942, date à partir de laquelle il doit désormais se cacher au Châteaunoir pour prévenir toute arrestation. Il suivra après la guerre une carrière fertile d'artiste, de commissaire d'exposition et de professeur de peinture à l'Institute for American Universities à Aix-en-Provence. Société Paul Cézanne, "Un admirateur et défenseur de Cézanne : Léo Marchutz (1901-1976)", *Société Paul Cézanne*, 2013, https://www.societe-cezanne.fr/2013/12/23/un-admirateur-et-defenseur-de-cezanne-leo-marschutz-1901-1976/ (consulté le 3 juin 2024).

17. L'armistice, signé le 22 juin 1940 avec l'Allemagne, sépare la France en son centre par une ligne de démarcation qui part de la frontière espagnole pour inclure toutes les façades océaniques françaises en passant à l'est de Bordeaux et en opérant un virage au sud de Nevers, Moulins, Châlon-sur-Saône et Dôle. Le IIIe Reich occupe militairement cette zone dite "zone occupée" et invite les fonctionnaires de Vichy présents à collaborer. Les départements de la Moselle, du Bas-Rhin et du Haut-Rhin sont pour leur part annexés par l'Allemagne quand ceux du Nord et du Pas-de-Calais sont rattachés à la Kommandantur de Bruxelles. Menton et une partie du Queyras sont occupés par les Italiens. Le reste de la France est dit "zone libre". Dans la zone occupée, les lois de Vichy s'appliquent dans la mesure de l'acceptation des autorités militaires allemandes quand, dans la zone libre, les Allemands ne se privent pas d'intervenir et d'exercer des pressions. Cependant, comme le précise Monique Strauss, le danger était moins présent en zone libre du fait du relatif éloignement de l'armée allemande et de la Gestapo, police politique du Reich, installées en zone occupée jusqu'à l'invasion de la zone libre le 11 novembre 1942 par Allemands et Italiens à la suite du

débarquement allié en Afrique du Nord. Même si certaines sont réalisées en août 1942 en zone libre, c'est à partir de janvier 1943 que les rafles et arrestations s'y intensifient. Jean-Pierre Azéma, "Le choc armé et les débandades", dans Jean-Pierre Azéma et François Bédarida (dir.), *La France des années noires*, t. 1, *De la défaite à Vichy*, Paris, Seuil, 1993, p. 126-127. Serge Berstein, Pierre Milza (dir.), *Histoire du XXe siècle*, t. 1, *La fin du monde européen, 1900-1945*, Paris, Hatier, 2007, p. 448-449. Renée Dray-Bensousan, *Les Juifs à Marseille (1940-1944)*, Paris, Les Belles Lettres, 2004, p. 194 et p. 307-313.

18. Le destin a voulu que Monique Strauss embrasse une carrière de pédiatre.

19. *Cf.* notes 2 et 42.

20. La rafle du Vél d'Hiv des 16-17 juillet 1942 est particulièrement menaçante même si d'autres rafles, telle que la rafle des notables, réalisée le 12 décembre 1941 à Paris, l'avaient précédée. La rafle du Vél d'Hiv est différente, car c'est la première au cours de laquelle sont arrêtés femmes et enfants. Elle l'est aussi car il n'y a aucun soldat allemand qui y participe, c'est la police française qui procède à celle-ci et donc les autorités de Vichy. Pourquoi ne feraient-elles pas de même en zone libre ? Enfin, numériquement, c'est la plus importante rafle réalisée en France jusque-là et même pendant toute la durée de la guerre. Plus de 13 000 personnes sont arrêtées le même jour. Laurent Joly, "Le choix de l'antisémitisme", dans Philippe Collin (dir.), *Le Fantôme de Philippe Pétain*, Paris, Flammarion / France Inter, 2022, p. 188-189. Annette Wieviorka, "La honte", dans Philippe Collin (dir.), *Le Fantôme de Philippe Pétain*, *op. cit.*, p. 194-195.

21. Le Comité inter-mouvement auprès des évacués (dite la Cimade, aujourd'hui Service œcuménique d'entraide) a été créé par les mouvements de jeunesse protestants à l'origine pour aider les repliés d'Alsace et de Lorraine évacués de la

zone frontière en septembre 1939. Devant l'afflux de Juifs dans les camps d'internement français lié à la politique antisémite du régime de Vichy, des équipes de la Cimade se sont, dès 1940, retrouvées à endosser une partie de l'intendance de ces camps. Progressivement, la Cimade est parvenue à ouvrir des centres d'accueil afin de faire sortir certains réfugiés fragiles des camps. Devant les déportations en 1942, la Cimade a également dissimulé des réfugiés et organisé leur départ et passage vers la Suisse, fabriquant de faux papiers et nouant des contacts avec la Résistance. Face au risque de refoulement à la frontière par les autorités suisses, la Cimade a lié des contacts dans le pays et fourni des listes de réfugiés spécialement en danger, auxquelles appartenaient les enfants Strauss. Cimade, *Les Clandestins de Dieu*, Genève, Labor et Fides, 1989, p. 29-37.

22. D'origine cévenole, le pasteur Manen, qui officiait à Mulhouse, a été entraîné en 1940 par l'exode à Aix-en-Provence dont il devint le pasteur. Il a contribué au sauvetage de nombreux Juifs, soit en les cachant chez des paroissiens, soit en les exfiltrant vers la Suisse. Deux tentatives de départ pour la Suisse avaient déjà été organisées pour les enfants Strauss en 1941 puis en 1942, mais les conditions d'accès au territoire helvète étaient drastiques. En août 1942, les autorités suisses, de peur d'être submergées par l'afflux de réfugiés, avaient émis une circulaire envoyée aux polices des cantons précisant que les Juifs ne pouvaient pas être considérés comme réfugiés politiques et devaient donc être refoulés à la frontière. Le passage de la frontière est donc dangereux et des subterfuges pour circuler en France et faciliter le passage sont utilisés, tels que le baptême protestant par exemple. Des contacts sont également noués sur le territoire suisse afin de préparer cette fuite. C'est ainsi que le pasteur Manen travaille avec la Cimade qui organise le franchissement de la frontière avec l'appui du pasteur Freudenberg en Suisse. Mauro Cerutti,

"La Suisse, terre d'asile ?", *in* "« Propre. En ordre. » La Suisse pendant la Seconde Guerre mondiale", *Revue d'histoire de la Shoah. Le Monde juif*, n° 163, mai-août 1998, p. 37-39.

23. Le pasteur Freudenberg a quitté l'Allemagne en 1939 en raison des origines juives de sa femme et de son opposition au nazisme. Réfugié en Grande-Bretagne, il y rencontre l'évêque de Chichester, président-fondateur du Comité intergouvernemental pour les réfugiés. Il s'installe ensuite en septembre 1939 à Genève, où il travaille en faveur des réfugiés "victimes des persécutions nazies" en liaison avec la Cimade. Il y récolte des dons des paroisses suisses pour la France en secours aux réfugiés puis parvient, grâce aux démarches du pasteur Bœgner, à faire parvenir des listes de non-refoulables à la frontière auprès des autorités suisses, transmises pour la plupart par les organisations d'aide aux réfugiés. Cimade, *Les Clandestins de dieu*, *op. cit.*, p. 39-40, 56-57.

24. Ruth Fivaz-Silbermann, *La Fuite en Suisse*, *op. cit.*

25. Monique Strauss précise que sa grand-mère était juive mais pas son époux. Ses enfants, dont la mère de Monique, étaient donc des *"Mischlinge"*, ce qui signifie des "demi-Juifs", souvent qualifiés de "métis" ou de "bâtards". Les lois de Nuremberg de 1935 précisent deux catégories de *Mischlinge*, ceux Juifs de premier degré ayant un de ses deux parents juif et ceux de second degré, ayant un de ses quatre grands-parents juifs. Les *Mischlinge* sont, par conséquent, soumis aux mêmes considérations que les personnes d'ascendance 100 % juive. Bryan Mark Rigg, *Hitler's Jewish Soldiers. The Untold Story of Nazi Racial Laws and Men of Jewish Descent in the German Military*, University Press of Kansas, 2002, p. 19-20.

26. Sous le régime de Vichy, le statut des Juifs prend en compte des critères d'ascendance, afin de définir qui est juif et qui ne l'est pas. Ainsi, la fabrication de faux documents d'identité ou l'émission de certificats de baptême pouvaient conférer une certaine protection en cas de contrôle. Laurent

Joly, "La Frontière entre « judaïsme » et « aryanisme ». Logique antisémite, contentieux juridique et pratiques bureaucratiques autour du classement des "demi-juifs" en France occupée (1940-1944)", *L'Atelier du Centre de recherches historiques*, 21 bis, 2020, https://journals.openedition.org/acrh/10751 (consulté le 3 juin 2024).

27. La frontière avec le canton de Genève constituait pendant la guerre la principale zone de passage vers la Suisse, la géographie y étant favorable. De plus, la frontière touche directement le cimetière juif de Veyrier ce qui en fait un lieu de passage de prédilection pour de nombreux réfugiés. Il est par ailleurs intéressant de relever qu'y reposent aujourd'hui les écrivains Štefan Lux et Albert Cohen. Isabelle Mayault, "À la frontière suisse, un cimetière juif, point de passage vers la liberté", *M le mag*, 9 décembre 2018, https://www.lemonde.fr/m-le-mag/article/2018/12/09/a-la-frontiere-suisse-un-cimetiere-juif-point-de-passage-vers-la-liberte_5394770_4500055.html (consulté le 3 juin 2024).

28. Entre le 11 novembre 1942 et le 8 septembre 1943, la région frontalière avec la Suisse en zone sud est sous contrôle des forces d'occupation italiennes. Le commandement italien s'opposait à ce que les Juifs se trouvant dans sa zone d'occupation soient transférés ailleurs en France et le passage clandestin de cette frontière était alors moins risqué qu'auparavant. Jean-Louis Panicacci l'explique par "la conjonction de plusieurs facteurs : le souci de démontrer une certaine autonomie de décision par rapport au IIIe Reich ; la volonté d'affirmer la souveraineté italienne sur une région revendiquée depuis 1938 ; les intrigues nouées par Angelo Donati ; les pressions américaines exercées sur le Vatican, des membres de la famille royale et du gouvernement ayant placé une bonne part de leur fortune aux États-Unis ; l'absence d'antisémitisme viscéral chez les responsables d'un pays totalitaire ayant pourtant adopté une législation raciale en 1938".

On peut peut-être voir dans cette politique menée par l'État italien les raisons de la réaction de ce soldat. Lucien Lazare, "Les passages clandestins", *in* "La Suisse pendant la Seconde Guerre mondiale", *Revue d'histoire de la Shoah. Le Monde juif*, n° 163, mai-août 1998, p. 105. Jean-Louis Panicacci, *Les Alpes-Maritimes, 1939-1945, un département dans la tourmente*, Nice, Éditions Serre, 2004, p. 175-176.

29. Cimade, *Les Clandestins de Dieu*, *op. cit.* Contrairement à ce qui est écrit dans ce texte, au moment des faits Michel avait 8 ans et Monique 6.

30. Bernard Romy et Claude Torracinta, *Mémoires de la frontière*, Troubadour Films, Télévision suisse romande, film documentaire, 2002, 117 min.

31. *Cf.* note 22.

32. *Cf.* note 21.

33. Dès décembre 1942, le Comité suisse d'aide aux enfants d'émigrés s'employait à placer les enfants de réfugiés en famille d'accueil. Cette pratique était pour lors courante, même s'il apparaît que le pasteur Freudenberg a hébergé Monique et Michel un mois avant de les confier à deux familles à Bienne et à Berne. Patrick Cabanel, *Nous devions le faire, nous l'avons fait, c'est tout. Cévennes l'histoire d'une terre de refuge, 1940-1944*, Nîmes, Alcide, 2018, p. 134.

34. Marianne et Walter Strauss, parents de Monique et Michel, apparaissent eux aussi sur la liste des non-refoulables à la frontière, liste que commente le pasteur Freudenberg le 4 novembre 1942 comme des "protégés particuliers du pasteur Manen à Aix". Le pasteur Manen apparaît sous le pseudonyme d'"oncle Henry" dans les lettres de Marianne. *Ibid.*

35. Chaque réfugié était affecté à son arrivée à un camp de travail. Les tâches y étaient en général effectuées de manière collective et étaient simples, ne prenant pas en compte les professions antérieures. En échange de son travail, le réfugié recevait son entretien et de l'argent de poche. Les femmes étaient

plutôt affectées à ce qui était qualifié de *home*, souvent des hôtels désaffectés, du fait de la désertion des touristes, dans lesquels les tâches étaient plus légères qu'avant la guerre. Les enfants étaient séparés de leurs mères et placés en famille d'accueil afin de suivre une scolarité normale. Les parents recevaient des congés afin de visiter leurs enfants. André Lasserre, "La vie des réfugiés en Suisse", *in* "« Propre. En ordre. » La Suisse pendant la Seconde Guerre mondiale", *Revue d'histoire de la Shoah. Le Monde juif*, n° 163, mai-août 1998, p. 53-57.

36. Heinrich Rothmund, chef de la division de la police des étrangers du département fédéral de Justice et Police de Berne, a, par exemple, été à l'origine en août 1942 du durcissement de la politique donnant pour directive "d'envisager davantage de renvoi en masse de réfugiés civils étrangers même si ces mesures doivent entraîner des conséquences graves pour les étrangers concernés". Commission indépendante d'experts Suisse – Seconde Guerre mondiale (dir.), *La Suisse et les réfugiés à l'époque du national-socialisme*, Paris, Fayard, 2000, p. 118.

37. *Cf.* note 36.

38. Marc Perrenoud, "La Suisse, les Suisses, la neutralité et le IIIe Reich (1941-1945)", *in* "Les neutres d'Europe face au génocide, 1941-1945", *Revue d'histoire de la Shoah. Le Monde juif*, n° 203, février 2015, p. 51-86.

39. À l'instar de la Cimade, les quakers ont agi au secours des déportés. Après avoir œuvré au sein de l'American Friends Service Committee (AFSC) basé à Marseille, dans l'aide aux internés du camp des Milles et au départ d'enfants vers les États-Unis, le couple McClelland a ouvert un bureau de l'AFSC à Genève. Ils y ont développé un programme destiné à fournir de l'aide financière aux réfugiés, des vêtements et une préparation à l'émigration. À partir de janvier 1944, Roswell McClelland se retrouve à la tête du War Refugee Board en Suisse, souhaité par le président Roosevelt afin de sauver et de fournir

assistance aux victimes du nazisme et des persécutions. United States Holocaust Memorial Museum, *An unpublished chapter in the history of the deportation of foreign Jews from France in 1942*, Washington, https://collections.ushmm.org/search/catalog/irn507327 (consulté le 3 juin 2024).

40. À la suite des débarquements en Normandie le 6 juin 1944 et en Provence le 15 août de la même année, les armées alliées avec le soutien de la Résistance avancent rapidement. Paris est libéré le 25 août 1944 et Lyon le 3 septembre. Toutefois, la libération de l'Est du pays est plus tardive (libération de Strasbourg le 23 novembre 1944) quand les dernières poches de résistance de l'armée allemande ne déposeront les armes qu'en 1945 (Saint-Nazaire le 11 mai).

41. Il apparaît dans une lettre du 15 juin 1945 que Walter Strauss, resté en France pendant toute la durée du conflit, appartenait à l'Armée secrète (AS), qui rassemble en 1942 les principaux mouvements paramilitaires de résistance de la zone sud (Combat, Libération-Sud et Franc-Tireur), avant d'intégrer ceux de la zone nord en 1943. L'AS est ensuite fondue dans les Forces françaises de l'intérieur (FFI) début 1944, aux côtés de l'Organisation de résistance armée (ORA), dont la section régionale du Sud-Est est commandée par le colonel Lécuyer-Sapin (Lécuyer de son vrai nom, Sapin étant son nom de résistant). Sapin certifie par cette lettre les actions de Walter Strauss dans la Résistance, "notamment en cachant des personnes, fournissant de faux papiers, orientant les jeunes vers les maquis, faisant toutes sortes de liaisons, [...], transportant et cachant des armes et du matériel de propagande, etc.". Un autre document atteste également de la participation de Marianne Strauss à la Résistance, avec la fabrication de faux papiers pour le passage en Afrique du Nord et de faux tampons. Musée de la Résistance, https://museedelaresistanceenligne.org/media1630-Le-commandant-Lcuyer-Sapin-prononant-une-allocution-Lantosque (consulté le 3 juin 2024).

42. Otto Abetz est l'un des grands artisans de la spoliation des biens appartenant aux Juifs en zone occupée. En parallèle à l'organisation du pillage d'œuvres d'art, en particulier de celles appartenant aux Juifs en juillet et août 1940, l'ordonnance du 27 septembre 1940 qui suit certaines suggestions d'Abetz, interdit aux Juifs le retour en zone occupée et impose l'immatriculation en sous-préfecture à ceux qui y séjournent. Le 18 octobre 1940, suivant encore l'une de ses propositions, le Militärbefehlshaber in Frankreich (MBF) publie une deuxième ordonnance qui vise à l'aryanisation des entreprises juives, nommant à leur tête un administrateur aryen. En plus de déposséder les Juifs de leurs biens, ces dispositions ont permis d'établir des fiches qui serviront pour les rafles à venir. Barbara Lambauer, *Otto Abetz et les Français*, *op. cit.*, p. 151, 203.

André Weil-Curiel, l'un des fondateurs du cercle de résistance "France Libre" avait noué des relations d'amitié avec Otto Abetz et Walter Strauss par sa participation au cercle Sohlberg, destiné dans les années 1920 à rapprocher les jeunesses française et allemande (*cf.* note 1). Dans ses mémoires, Weil-Curiel plaide lui-même la cause de Walter Strauss auprès d'Abetz en novembre 1940. Il décrit la situation ainsi : "Je lui demandai s'il ne pourrait faire quelque chose en faveur de son ancien ami Walter Strauss. Il manifesta son contentement qu'il fût en zone libre. « Je ne peux rien faire pour lui. Ce n'est pas que je renie mon amitié, mais je ne peux pas aventurer mon crédit pour de petites choses. Je ne peux pas intervenir pour un émigré, ni pour un Juif. Ce n'est pas un manque de courage. Pour Montoire j'ai engagé toute ma responsabilité dans l'aventure. C'est moi qui suis le promoteur de cette politique. J'ai risqué tout mon avenir, toute ma situation, pour qu'elle aboutisse, mais je ne peux pas me mêler d'intérêts privés. – Walter ne pourrait-il pas partir pour l'Amérique ? – Ce serait le mieux pour lui. »" André

Weil-Curiel, *Le Temps de la honte*, t. 2, *Éclipse en France*, Paris, Éditions du Myrte, 1946, p. 378.

43. Le Chambon-sur-Lignon est un village du plateau du Vivarais, dans le département de la Haute-Loire, en Auvergne. La mémoire collective y aurait gardé le souvenir des persécutions vécues par les protestants sous l'Ancien Régime dans ce lieu qui avait fait office de refuge. Percevant la situation des Juifs comme similaire par bien des aspects à celle des protestants plus de deux siècles avant, des opérations de sauvetage en rapport avec des organisations d'aide aux réfugiés commençaient dès l'hiver 1940. Ainsi, le pasteur Trocmé entra en relation avec l'American Friends Service Committee (comité quaker) à Marseille afin d'apporter de l'aide aux 30 000 réfugiés des camps du Sud de la France. Le village en accueillit de nombreux, en particulier des enfants extraits des camps. La Cimade, de son côté, se montra active afin d'organiser un itinéraire de fuite vers la Suisse en passant par Annemasse, comme ce fut le cas pour Monique et Michel Strauss. On estime qu'environ 5 000 personnes dont 3 000 à 3 500 Juifs trouvèrent refuge au Chambon-sur-Lignon. United States Holocaust Memorial Museum, "Le Chambon-sur-Lignon", *Encyclopédie multimédia de la Shoah*, United States Holocaust Memorial Museum, Washington, https://encyclopedia.ushmm.org/content/fr/article/le-chambon-sur-lignon (consulté le 3 juin 2024).

Lucien, étudiant du programme Baudelaire,
peignant une scène de Cours Mirabeau,
avant l'exposition à l'ancienne gare de déportation de Bobigny,
avril 2023

REMERCIEMENTS

Merci à Pascal Ory, qui nous a fait l'amitié de nous accompagner dans cette aventure éditoriale, en nous offrant sa préface.

Merci aux étudiants du programme Baudelaire, qui ont recueilli mon témoignage et établi les notes du livre : Salma Boudieb, Natacha Da Silva Baudry, Nello Da Silva Baudry, Kadiatou Konaté, Kora Sissoko, Amel Taghi, Islam Boukra, Aboubacar Koita, Jean Palomo Del Rio, Félicité Guerbet, Eugénie Peineau, Agathe Meslem, Claira Jin, Diego Castilla, Lucien Mornat.

Merci à François Buccio, professeur d'histoire, qui a accompagné les étudiants dans leur démarche.

Merci aux romanciers Thomas B. Reverdy et Cécile Ladjali, qui ont aidé les étudiants dans leur rédaction.

Merci au plasticien Marco Castilla qui a encadré les étudiants pour l'exposition dans l'ancienne gare de déportation de Bobigny le 16 avril 2023.

Merci à Dominique Bourzeix, directeur des affaires culturelles de la ville de Bobigny ainsi qu'à toute l'équipe de la médiathèque Elsa-Triolet.

Merci à Abdel Sadi, maire de Bobigny.

Merci au violoncelliste Raphaël Chrétien qui a accompagné les étudiants le 16 avril 2023, à l'ancienne gare de déportation de Bobigny pour jouer Bach dans ce lieu de mémoire si particulier.

Merci à Adèle Purlich, directrice du mémorial de l'ancienne gare de déportation de Bobigny et à toute son équipe.

Merci à Michelle Haner et aux élèves du lycée franco-américain de San Francisco, qui ont fait le voyage jusqu'aux étudiants du programme Baudelaire le 16 avril 2023.

Merci tout particulièrement à mon mari et à mes enfants.

Merci à la fondation La Poste.

Merci à la fondation Robert de Sorbon.

Merci à la revue *NRP* et tout particulièrement à Claire Belin-Bourgeois.

Merci à Nadine Nassif qui m'a encouragée à publier ce récit.

TABLE

OUVRAGE RÉALISÉ
PAR L'ATELIER GRAPHIQUE ACTES SUD
REPRODUIT ET ACHEVÉ D'IMPRIMER
EN AOÛT 2024
PAR NORMANDIE ROTO IMPRESSION S.A.S.
À LONRAI
POUR LE COMPTE DES ÉDITIONS
ACTES SUD
LE MÉJAN
PLACE NINA-BERBEROVA
13200 ARLES

DÉPÔT LÉGAL
1re ÉDITION : OCTOBRE 2024
N° impr. : 2403224
(Imprimé en France)